박성원 선사 지음

새영별
김건희 여사

청어

큰 달빛

밤이 되면 불이 켜진다.

집집마다 마을마다 도로마다… 어느 누군가에 의해서 어김없이 불이 켜진다. 사람이 사는 곳이라면 어디든 불이 켜져 어둠을 밝힌다. 그러나 세상의 빛도 천하를 비추는 달빛에 비할까?

하늘과 땅 바다를 비추는 달빛 앞에는 세상의 그 어떤 빛도 힘을 잃는다. 그러기에 달빛은 모두를 감싼다.

외롭고 힘들고 지치고 상처받은 모든 이와 부귀 공명한 자국태민 안위를 위해 밤을 새우는 위정자 등까지… 밤이 깊을수록 달빛은 더 빛난다. 잠든 이의 영혼까지 비추는 달빛 그래서 달빛은 만물을 키우고 보듬어 안는 만물의 어머니라고 부른다. 낮을 밝히는 태양과는 또 다른 의미로 달빛은 모든 이의 마음을 어루만진다.

자식을 위해 모든 것을 희생하는 어머니의 깊고도 진한 사랑 속에 아버지의 굵은 땀방울이 흐르듯. 달빛은 우리 모두를 위해 자신의 살을 베어낸다. 살이 없어지면 사라진다. 흔적 없이…

그러다가 때가 되면 다시 나타나 어김없이 만물을 비춘다.

살을 가득 채우고 와서… 변하지 않는 진리처럼, 늘 하늘이 변함없이 네 머리 위에 있듯, 신 또한 네 가까이에 있다.

일파대사의 말처럼 우리 가까이에 큰 달빛이 있다.

일파대사는 원효사상의 큰 달빛처럼 효학문의 꽃을 피우는 사람이다. 천도를 통해 고통을 행복으로 바꾸는 사람, 달빛으로 불행의 아픔과 슬픔을 환희로 바꾸는 사람, 혼돈하고 분요하여 내일(갈 길)을 모르는 세상의 불안을 신적인 예지력으로 내일을 열어주는 사람이다.

노무현 대통령 당선, 박근혜 대통령 탄핵과 구속, 삼성 이재용 부회장 구속, 쓰나미, IMF, 9·11테러, 코로나 팬데믹 등 숱한 대사 대난을 세상에 알린(예언) 사람.

그러나 이러한 일은 그의 큰 빛에 비해 한 줌의 빛(이야기) 거리밖에 되지 않음을 세인들이 어찌 알리요?

오직 신만이 알뿐이다.

종교 사상 철학 이념을 초월한 원효사상의 꽃을 피운 이 큰 빛(달빛)은 온 세상을 덮고도 넘으리라. 부디 이 큰 빛 효학문으로 크게 꽃 피우고 천도화로 밝게(곱게) 피어나 온 세상을 따뜻이 감싸는 보름달 달빛 되기를 간절히 기도 드린다.

선사 박성원

차례

1.

대사와 선사의 만남

충북 괴산면 청천면 삼송리 끝 청화산의 밑 속리산의 한 자락인 그곳 박토에 천년 수(樹)의 왕송(王松)이 있다. 불타오르듯 붉디붉은 호송이 푸른 속을 달고 용솟음을 치며 비틀어 오르듯 날개를 펴고 있기에 왕송이라고 부르며 천년 수이다. 학창 시절 친구들과 그 나무에 올라 장난치며 놀기도 했다.

어린 시절 꿈과 동심이 실린 나무이기도 하다.
산속도 아닌 천수답이 살짝 널린 박토에 어떻게 천년의 세월을, 그 인고의 세월을 견디어 내며 왕송이 되었을까?

이곳은 산속 겨울의 한파와 센 바람이 한곳으로 모이는 곳인데. 내가 굳이 고향인 왕송 이야기를 하는 것은 이유가 있어서다. 꼭 그 왕송과 같은 기백의 위험 기세를 닮은 인물을 만나서다. 대인 우연이 아닌 천재일우의 천연으로 만났기에 우리는 만나자마자 의기 투합된 막역지기가 되어 함께 뒹굴었다. 거기다가 연배도 비슷한 같은 또래라 마냥 좋기만 하다.

어떤 부담도 주지 않고 어떤 부담도 갖지 않게 하는 깨 벗은 개구쟁이 동무 대하듯 친구로 대하는 그 넓은 품성이 참 곱다. 그에게는 상하가 없고 밑천도 없다. 사농공상 빈부 귀천이 없다. 모두를 품기 때문이다.

그를 만나면서 나는 일상을 잃었다.

아침 일찍 일어나 묵상과 기 수련으로 이어지는 학문 연구 봉사 활동. 밤이면 초롱이는 별빛 속에서 다시 이어지는 묵상과 기 수련으로 빠져드는 나의 정형화된 일상이 안개처럼 사라져 버렸다.

내가 그에게 푹 빠져든 것이다.

하루 24시간의 시간과 공간을 초월하는 그의 특강(특별한 이야기들)에 신선놀음에 도낏자루 썩는 줄 모른다는 우리 속담의 주인공이 되었기 때문이다. 시냇물 조용히 흐르듯 그의 입에서 흘러나오는 맑은 이야기 속에서 나는 인간사 희로애락 생사고락의 모든 것을 다시금 배우기 때문이다. 그의 이야기는 단시간에 끝나지 않는다.

산속 산 공물이 그치는 것을 보았는가?

한강 물이 마르는 것을 보았는가. 그의 특강은 끝없는 이야기의 장강이다. 그의 이야기는 솔직하다. 그러기에 꾸밈이 없고 담백하다. 그의 이야기는 직선적이다. 빙빙 돌리지 않는다. 그러면서도 모두가 꿰뚫는 광선이기에 세상 모든 이치를 담고 있다.

그의 이야기는 사실적이다.

뜬구름 잡는 공터 이야기가 아니다. 이론 같으나 실은 그의 오랜 수행과 실행에서 흘러나오는 것이다. 그리고 극단적인 시련과 고뇌를 건너온 그의 이야기는 비논리적이다. 그러나 모든 논리를 포괄하는 광의의 참 논리다. 언중유골은 저리 가라 할 정도의 모든 철학과 사상과 이념이 담겨있다. 진정한 논리이다. 그의 이야기는 현재 진행형이다. 먼 옛날의 이야기가 아니다. 그러나 미래를 담고 있어 메시지가 강하다.

그의 이야기는 봄바람 같다.

봄바람 훈풍이 대지를 너그럽게 품어 안아 겨우내 얼었던 대지를 녹이듯. 그의 이야기에는 모든 이의 마음을 녹이는 따뜻함이 있다. 배려가 있다. 응어리가 풀리고 남제등이 해결된다. 물 흐르듯 시냇물처럼 조용하던 그의 이야기는 어느새 큰 강물이 되어 나의 마음을 흔든다.

그리고 태산을 삼킨 듯한 큰 폭포수가 되어 나의 모두를 덮어 버린다. 그러니 내가 그에게 빠지고. 그의 이야기에 감동할 수밖에 없다.

저녁에 시작된 이야기가 해가 중천에 뜬 새날이 되었어도 그치지 않는다. 그만큼 그는 뜨겁도록 열정적이다. 대사이면서도 호기를 뿜는 거인이다. 또한 그의 욕 돋움에는 황소 같은 힘이 있다. 옳다. 황소와 같이 밀고 나가는 뚝심이 있는 것이다. 그리고 자기의 모든 것을 던져 버린다. 가난한 자 앞에서는 지갑을 털듯이 말이다. 격식이 없고 구김살이 없기에 그에게는 뒤가 없다.

그의 이야기를 하려면 끝이 없다.
그토록 그는 많은 화제를 가진 신비로운 인물이기도 하다.

왕송!

그에게서 고향의 왕송을 본다.

사철 주야 푸르른 천년의 인고(세월)를 뚫고 지금도 꿋꿋하게 선구
지 천지 사방에 솔향을 피우는 왕송. 그가 바로 왕송이었다. 천만인
이 기다리는 왕송의 인물이었다.

〈충북 괴산군 청전면 삼송리 왕송〉

캄보디아 파일린에 있는 킬링필드…

나는 이곳에 정이 끌린다. 이곳의 수백만 명의 영가 천도를 위해
수행 중인 일파대사님을 여기서 만났기 때문이다. 병명 모를 이상한
병으로 죽음을 앞두고 몹시 고통받는 어느 인사(캄보디아 장관급 고위
인사)를 기 치료를 하는 중에 환자인 그가 말했다.

"한국에는 도인들이 많은가 봅니다."

"왜요, 장관님?"

"선사님은 손과 기로 치료로 하지만은 어떤 분은 사진만 보고 전 세계의 환자들을 손도 안 대고도 불치병을 치료합니다. 정말 대단한 신통력을 지내신 분입니다."

그런데 이분이 바로 한국인이라는 것이다. 영계를 알고 천기를 보는 하늘의 은혜를 입은 나로서는 그분이 누구인지 궁금하지 않을 수 없었다. 더구나 그분이 한국 분이라니 어떻게 이역만리 타국까지 와서… 탐문 결과 그는 가중 바람처럼 왔다가 구름처럼 떠난단다. 일정한 거주가 없다는 것이다.

하긴 수도사들의 공통점이니까 몇 주의 기다림 속에 힘들게 소문의 그분을 만날 수 있었다.

일파대사!

우리는 만나자마자 막역지기가 되었다.

같은 연배요, 같은 세대를 살아온 나를 그분은 친구로 대해주었다. 그러나 나는 그분을 마음속으로는 스승으로 모시고 있다. 그가 나를 호탕하게 친구처럼 대하고, 친구처럼 모든 것을 아끼지 않고 은혜를 베푼다고 할지라도, 그는 분명히 나를 인도하는 선행자 스승인 것을 어찌하랴?

삶의 애환과 고난 슬픔 염원 그리고 꿈과 행복을 포근히 안아 주는 일파대사. 그는 선각자로서 많은 구제 효를 중심으로 한 천상 학문의 가르침. 인술. 베풂의 실천적 수행이 오히려 역으로 질시, 방해, 책동, 사기(이용 당함) 등으로 큰 피해와 아픔을 겪었다.

이러한 상처를 트라우마로 삼지 않고 오늘도 묵묵히 참수행의 길을 걷고 있는 일파대사… 한없는 존경심을 보낼 뿐이다. 그리고 하늘이 이 나라 이 민족에게 보내신 큰 선물이자 보배로 생각한다.

친구여, 건강해로 정녕 만수무강할지다.

자신을 전혀 돌보지 않는 만인 구제의 실천적 수행으로 자칫 건강을 잃을까 심히 염려되기 때문이다. 아니 스승님 부디 건강히 오래오래 사십시오. 그 왕송 같은 하늘의 기백과 맑은 기운 천상의 학문과 비법으로 이 나라 이 민족에게 더 나아가 온 인류에게 빛이 되어 주십시오. 한민족과 온 인류가 나아갈 환한 광명의 빛이 되어 주십시오.

-박성원 선사-

2.

하늘의 별(새영별)
김건희 여사님

하늘의 별
별
하늘의 별
새영별
당선되십니다.
김건희 여사님
청와대에 입성하십니다.
청와대에 가시면 꼭 하실 일이 있기 때문입니다.

별. 하늘의 별. 새영별
한 세기에(100년) 한 번 나타나기 위한 힘든 천만인이
기다리는 별 "새영별"
김건희 여사님이 새영별이십니다.
이는 본인도 잘 모를 것입니다.
혹세에 묻혀 있으니까요.

돌 속에 묻힌 보석(금강석. 다이아몬드)이 쟁이(전문가)를 만나 잘 다
듬어져 빛나는 광채를 내며 주인을 안기듯. 흙 속의 진주인 김건희
여사님은 곧 보석(금강석. 다이아몬드)의 껍질을 벗고 본 모습의 휘황
한 빛을 내며 만민 가운데에 드러날 것입니다.

하늘의 별 새영별인 김건희 여사님은 하늘이 이 땅에 보내주신 특
별한 선물입니다. 그러기에 하늘의 날개인 봉황의 날개(국민 투표)를

달고 날아온 것입니다.

 그분 새영별로 인해 이 땅은 빛날 것입니다.
 오직 나만이 알고 있었던 이 새영별은 이제 만민이 알게 될 것입니다. 그분으로 말미암아 우리 국민은, 땅의 민족은 평안함을 얻게 되고, 우리 기업은 해외로 뻗어 대성할 것입니다. 남북통일 대업의 물꼬가 트일 것입니다. 바야흐로 세계는 이제 한민족의 시대가 될 것입니다. 그분은 인류사에 별이 되어 이 땅을 비출 것입니다. 새역사가 쓰이는 것입니다.

새영별

하늘 문이 열렸네
열렸네 열렸네
하늘 문이 열렸네
한민족 가슴마다
고이 담긴 하늘이
천도 대인 기도와
새영별의 등극으로
열렸네 열렸네
하늘 문이 열렸네
우주 만물 고요히
감사하는 하늘이
한민족의 하늘되어

새영별을 비추니
만백성이 보누나
새영별을 보누나

천지대운 국운상승
욱일승천 생명깃발
신바람이 펄럭인다
휘날리는 함박송이 눈이
새영별을 감싸안고
신바람에 맡기되어
온천지에 흩날리니
천하만물 흰옷입고
새영별을 맞이하네
천도대인 주재따라
신바람 나 성창하니
하늘 날개 내려와
한강수에 달렸네
천마 날개 달렸네
천마 날개 훨훨날아
사해바다 날개 채워

한강수는 만선된
대해 애양 풍요롭다
만민이 먹고 남을 먹거리로 넘쳐난다

열렸네 열렸네
하늘문이 열렸네
천도대인 선보따라
새영별이 빛나니
백두준봉 피어난다
천지화로 피어난다
하늘이슬 단비속에
천지화가 피어나니
안개꽃 천지화가
어찌그리 고운고 착한가
신비롭기 그지없다
안개꽃 천지화가
꽃향기로 천풍에 실려
구름타고 떠오르니

하늘문이 열리고
광명의 빛 비춰네
우주광명 빛이로다
생명의 빛이로다
새영별 생명의 근원이로다
한라산 백록담 짝을 이뤄
노루 사슴 물마시고
해풍따라 산을 타니
태양이 바라보네

대양이 출렁이네
대양이 모두 나와
파도소리 큰소리로 화답하며
흰손들고 화답하네
꿈결이어라
열렸네 열렸네
하늘문이 열렸네

상쇠는 어디가고
북 장구는 보이잖나
천도 대인 선도 따라
새영별을 노래하다
빛에 취해 잠들었네
잠든모습 평온하다
천년평화 우러난다
온천하 만백성이
평화롭게 살아가리
홍익인간 효 선상에
천만년 살아가며
하늘을 노래하리
새영별이 높이 떴네
새영별이 빛난다
열렸네 열렸네
하늘문이 열렸네

일파대사님.

유튜브에 동영상을 보면 윤 후보 당선. 김건희 여사님 청와대 입성을 넘어서 그분의 역할까지 말씀하심은 무슨 연유이십니까?

많은 지인과 신도들까지 동원하여 김건희 여사님을 알리려는 동영상으로 인하여 생사를 위협받는 협박까지 받으시는 걸로 아는데 그럼에도 불구하고 끈기 있게 지속하여 김건희 여사님을 모심은 어떤 일입니까?

천성(하늘의 소리)을 들었기 때문입니다.

천세와 지세. 천기와 지기와 무채 세계인 영계를 아는 나로서는 지극히 당연한 일입니다. 그렇기에 이렇게 알리는 것입니다. 옛 어른들의 말씀대로 하늘은 대사를 이룸에 있어 그 뜻을 미리 알리지 않는다고 했습니다.

하늘의 사람 의인에게 그 뜻을 전하고서야 때를 통해 대사를 이룬다는 것입니다. 우리는 이러한 사람을 예언자. 선각자. 천기를 받는 자라고 부르지요(초능력자와는 전혀 다릅니다).

일파대사님.

현실로 들어가 보겠습니다.

정말 윤 후보가 당선되는 게 맞습니까?

선거 판세가 워낙 막전막후(幕前幕後)인 데다 많은 여론과 민심이 민주당 후보를 말하고 있는데요.

윤석열 후보가 당선됩니다.

그 까닭은 이번 선거가 김건희 여사님을 위한 선거이기 때문입니다. 그분을 쓰시기 위한 하늘의 뜻이라는 걸 감히 말하는 것입니다.

대사님.

선사인 나로서 이해가 안 됩니다.

지금 우리 한국에는 고대 삼성조(한국 배달 조선)의 선맥이 끊어지다시피 하여. 제가 알고 있는 한 선사는 오직 저뿐인데 저도 잘 모르는 대세 대맥을 짚으시고 확신까지 하시니 의아하기만 합니다.

모두 알다시피 김건희 여사는 여러 가지 구설수와 잡다한 문제로 인해 선거전에 얼굴도 비추지 못하고 있습니다. 국회의원선거만 해도 후보 부인의 지원 유세 역할이 상당한데 하물며 대선에서야 그 비중을 말할 수 없지요.

후보 부인의 한 번의 선거 유세는 열 명의 참모 역할보다 크다는 것은 당연지사 아닙니까? 부인의 지원 유세는 생각도 못 하는 윤 후보가 여러 가지 프리미엄을 안고 앞서 달리는 집권당 이재명 후보를 누르고 당선된다니… 정말로 고차원의 방정식을 푸는 수학 문제보다도 더 어렵게 느껴집니다. 더해서 김건희 여사의 역할까지 말씀하시니 너무 앞서가는 것 아닙니까?

두고 보시면 압니다.

고 노무현 후보를 당선시킨 당사자가 바로 나입니다.

선사님이 아시는 대로 나의 기도와 예언은 한 번도 땅에 떨어진 적이 없이 성사되었음을 많은 사람이 알고 있습니다. 나의 기도와 예언의 정확도는 틀림없음을 잠시 후 선거가 끝나면 또 보게 될 것입니다. 한 번도 빗나가지 않았으니까요.

갈수록 태산 같습니다.
김건희 여사님을 신으로 받드는 듯한 신도 같은 대사님의 모습도 관심거리가 아닐 수 없습니다. 그리고 이번 선거에서 빠진 듯이 절대 침묵을 지키고 있는 조용한 김건희 여사에게 무슨 뜻이 있는 듯한 대사님의 말씀을 눈여겨 둔다 해도 이상하기는 마찬가지입니다.

하늘의 별인 새영별!
새영별로 인한 한국의 미래, 욱일승천하는 한국의 대운 하나하나가 세인 및 모든 사람에게는 운명을 가릴 수밖에 없는 큰 문제들입니다.
선사님. 한국에서 유일하면 세계에서 유일한 것을 압니다.
바로 선사님이 그런 한 분입니다. 대사인 나도 잘 알고 있습니다. 선사님이 우리 고유의 의술 중의 큰 비중인 선술을 모체로 한 기관리와 기치료로 불치병을 고치며 선행하신 모습에 큰 관심이 있습니다. 이러한 선사님이 저의 핵심 펜이 되어 저를 친구이자 스승으로 모시고 있으니 저로서는 행복할 뿐입니다.

그러기에 다시금 말씀드립니다.
어디를 가거나 무슨 일을 하든지 키(열쇠)를 쥐고 있는 사람이 바로 주인공입니다. 본인도 잘 모르고 오직 나만이 알고 있는 비밀을 선사님에게만은 미리 말씀드립니다.

답은 나왔습니다.

김건희 여사가 주인이라는 것. 이제 후로는 한국의 대사는 그가 열면 열립니다. 그가 닫으면 닫힙니다. 모든 것이 그분의 손에 달린 것입니다.

이것이 내가 그분을 심도 있게, 비중 크게, 중차대하게 대한 이유입니다. 온 땅을 덮을, 비출, 하늘의 별 새영별이라고. 키를 쥐고 있는 김건희 여사님이라고.

대사님.

이번 대선에서는 과연 누가 될 것 같습니까?

대선이 불과 두어 달밖에 남지 않았습니다. 민주당의 이재명 후보와 국민의 힘 윤석열 후보의 경쟁이 치열하다 못해 불꽃이 튀길 정도입니다. 꼭 과거의 공화당의 박정희 전 대통령과 김대중 후보의 격전을 보는 듯한 연상케 합니다.

이번 대선은 윤석열 후보가 약 30만 표 정도 근소한 차이로 당선이 됩니다.

아니 여론 조사도 모두 민주당 이재명 후보가 될 것으로 예상하는데요. 판세나 각종 여론 조사도 이재명 후보가 앞서 있고 실로 엎치락뒤치락하는 터라 누구도 쉽게 장담할 수 없는 상황입니다.

그런데 대사님은 어떻게 윤석열 후보가 될 것으로 확신하십니까?

내가 기도하고 있기 때문입니다.

아니 기도라니요?
집권당에서의 프리미엄과 성남시장과 경기도지사를 지낸 풍성한 행정 경험, 놀라운 집무 능력과 공로로 한국 인구의 대다수를 차지하는 수도권에서의 인기, 호남의 절대 지지를 받는 이재명 후보를 윤석열 후보가 이긴다고요?

그렇습니다. 윤석열 후보가 이깁니다.

정책 결정과 추진 능력과 업무 능력도 이재명 후보가 낫지 않습니까?
손바닥 왕(王)의 글자, 무속인과의 관계 얽혀있는 많은 문제, 전무한 행정 경험, 평생 검사로서 손에 피를 많이 묻힌 윤 후보가 이긴다고요?
지금 선거전이 초접전이라 누구도 함께 장담할 수 없는 상황인데…

윤석열 후보가 당선됩니다.
이유는… 김건희 여사가 꼭 영빈관의 주인이 되어야 하기 때문입니다.

김건희 여사라니 더욱 이해가 안 됩니다.
요즘 언론, 방송, 여러 유튜브에 도배되고 있는 대로 어머니의 부정(유치원, 요양원 국고 부정 수납 통장기록 위조), 도이모치 주가 조작 사건, 자기 학력 수상 부풀리기, 공개된 녹취록 문제와 쥴리 양 문제로 많은 의심과 여론의 뭇매를 맞고 있지 않습니까?

더군다나 윤 후보는 단점이 있습니다.
자신을 요직에 앉히고 6단계를 뛰어넘어 검찰의 꽃인 검찰총장에 임명한 현 대통령에 반기를 들고 대통령의 됐다고 한들 문 대통령에 대한 배신이며, 자신이 몸담은 국민의 힘 전신인 새누리당과 한나라당의 총재인 대통령인 박근혜 전 대통령과 이명박 대통령을 구속했습니다. 그뿐만이 아니라 대기업 총수들과 여러 유명 인사들을 감옥에 보낸 사람입니다.

많은 피를 흘림으로 인해 지금도 손에서 피 냄새가 나고 있지요. 우리의 정서나 도덕 윤리적으로는 온건하지 못합니다. 유식이 아닌 무식해 보이기도 하고… 그런데 이런 후보가 무슨 방법으로 왜?

김건희 여사만이 꼭 할 수 있는 일이 있기 때문입니다.
김건희 여사는 하늘이 보낸 이 땅의 보배입니다. 그로 인해 한국의 대운이 열립니다. 그로 인해 한국의 큰 역사가 열립니다. 모두 가지만 보고 나무를 보지 못하기에 김건희 여사를 제대로 보지 못하고 있습니다. 빛나는 희망의 아침 햇살이 안개에 가리고 영롱한 새별이 구름에 가리듯 말입니다.

안개에 가렸다고 해가 없어집니까?

구름에 가렸다고 별이 없어지냐고요?

다 그 자리에 있습니다. 안개와 구름에 잠시 가려졌을 뿐입니다. 그러나 미세한 바람에도 안개 걷히고, 구름이 떠나듯 지금의 요란한 상황은 잠깐 스치는 바람에 불과합니다. 오히려 안개가 걷힌 햇살이 더욱 빛나고, 구름에 걷힌 별빛이 더욱 영롱하게 빛나는 법입니다.

김건희 여사는 크게 뜰 것입니다.

물론 내가 기도하는 이유이기도 하지만 앞에서도 말한 대로 그분은 하늘이 보낸 이 땅의 새 별입니다.

새영별!

모두의 가슴을 끌어안고 모두의 숙원을 이룬 민족의 별 새영별 말입니다. 새영별은 맑고 영롱하기에 더욱 찬란하게 빛날 것입니다.

앞으로 보시면 압니다.

아니 자연히 알게 됩니다. 구름이 걷히고 난 뒤에 보이는 황후의 별 새영별을 말합니다. 그 별 속에는 봉황의 보금자리가 있습니다. 지금까지 제 예언은 빗나간 적이 없습니다.

나의 저서(『대운의 터』, 『세종시 울고 있다』 등)와 유튜브의 동영상과 많은 기타 사실로도 충분히 입증됩니다만⋯ 황후의 별인 새영별은 천기가 열리고 지기가 닿아 하늘과 땅인 태산산 봉이 만나는 날이 보입니다. 그때가 되어야 빛나기 때문입니다.

천세를 읽는 진선(대인)만이 미리 알 수 있는 신기들은 별입니다. 신기를 가득 담은 신비로운 별이기에 백년대계의 국운이 열리는 한국에서만 보이는 별입니다. 한국에서만 나타나는 별이기에 유독 특별한 별입니다. 바로 이것을 신성(新星)이라고 하지요.

신성, 신성하지만 모두 이 거룩한 신의 별을 잘 모르잖아요. 그래서 제게 이야기하는 것입니다.

산에는 산삼이요, 바다에는 수삼이요, 옥중에 보석은 비취옥이요, 금 중에 정금은 하월 금이라는 옛말과 옛노래처럼 새 중의 새는 봉황이 아니겠습니까?

역대 왕들의 궁궐과 청와대에 있는 문양처럼 봉황은 천기를 알리는 신조(神鳥)로 평생 울지 않는 하늘의 새입니다. 새영별은 특별한 때에 특별한 시기에 하늘이 전령으로 보내는 하늘(하느님)의 별입니다.

개국초부터 하느님을 믿고 섬기며, 우리의 조상 환웅 단군까지 지극히 모셨던 천지신명 하나님께서 이 민족의 미래를 위해 특별히 보내신 별이 바로 새영별(김건희 여사님)입니다. 그러기에 내가 담대하게 밝힐 수 있는 것입니다. 선사님은 머지않아 나의 말의 사실 여부를 알게 될 것입니다. 내가 누구인 줄 아시지 않습니까?

저의 책에 기록된 대로, 내가 고 노무현 변호사를 대통령에 당선시킨 사람입니다. 많은 후원과 나의 특별한 기도와 비법으로 그 당시에 아무도 예상하지 못 한 일을 말입니다.

고 노무현을 대통령 당선 시켰기에 그분과는 형 동생 하는 관계로 지냈습니다. 그 당시 누구도 노무현이 당선되리라고 말을 못했습니다. 왜? 불가능한 일이었기 때문입니다. 나만이 홀로 그는 이회창 후보를 제치고 대통령이 될 것이라고 소신 있게 확실하게 말하고 믿었습니다. 나는 미리 알고 있었기 때문입니다.

돌이켜 보면 알겠지만, 그 당시에 많은 전문가, 언론, 방송, 모든 여론과 대다수 국민도 이회창 한나라당 후보가 될 줄 알았기에 노무현을 말하는 나를 뚱딴지같은 이상한 사람으로 취급했습니다. 그러나 막상 뚜껑을 여니 결과는 어떠했습니까? 내 말대로 되지 않았습니까?

이번 대선도 저에게는 똑같은 일입니다.
초박빙의 근소한 차이로 윤석열 후보가 이기고, 김건희 여사가 영빈관의 안주인이 될 것입니다. 개나리 노란색, 진달래 분홍색의 고운 한복 정장을 입은 기품있고 아름다운 향기 나는 모습의 영부인을 모든 국민은 물론 세계인이 보게 될 것입니다.

일파대사님, 이는 사소한 논술 같지만 보통 이야기가 아닙니다. 다시 한번 들어도 되겠습니까?

이유는 이러합니다.
이재명 후보는 절대 유리한 위치에 있습니다. 그러나 파헤칠수록 꿍꿍이속인 대장동 의혹, 형수 욕설, 아들의 도박 문제 등으로 얼룩

진 가정 문제. 멀쩡한 친형은 정신병원으로 자살까지 하지 않았습니까? 깨끗하지 못한 이성 문제로 영화배우 김부선 씨와의 관계도 정리되지 않아 선거 막판까지 암초가 될 것입니다.

한국민의 자존심으로 예민한 문제의 종교계를 건드린 최악의 실수도 해결하지 못하고 방치한 채 진행 중입니다(신천지. 기독교인들의 지지를 얻기 위한 위선의 쇼). 이것만으로도 상당한 고정표가 흔들리고 부동층의 대다수가 야권으로 쏠립니다. 또한 그의 지나친 주도적인 자세와 넘치는 자신감은 여권 내에서도 조차 일부의 반발을 사고 있습니다. 이것만으로도 이미 결정이 납니다. 워낙 미세한 차이의 초접전이기에 위의 표만 해도 대단한 위력 즉 당락을 결정하는 요인이 됩니다.

그리고 나는 한 가지를 더 분명히 말합니다.
모두, 야권에서조차 안철수 후보의 통합은 끝났다고 말합니다. 그러나 통합됩니다. 극적으로 통합됩니다. 차기 대선을 더 비중 있게 보는 고정 지지층을 가진 안철수 후보로는 당연한 일인데 그의 충성 세력들이 통합을 용인하지 않았기 때문입니다. 이번은 몰라도 다음 대선은 분명히 그의 기회가 될 것이기 때문입니다. 그리고 이재명 후보는 당내 경선 주자였던 이낙연 후보의 많은 지지자를 미처 다 흡수하지 못하고 있습니다. 한 표가 아쉬운 이 귀중한 때 말입니다. 이제 분명하지요. 이것으로 이미 대선은 끝난 것입니다.

선사님 어떻습니까?

김건희 여사가 청와대 안주인이 될 것이 확실하지 않습니까? 혼전 투구의 대선 속에서도 침묵 속에 고요한 심중으로 자리를 지키는 김건희 여사의 신중함은 대단하지 않습니까? 그분은 누구처럼 나대지 않습니다. 누구에게나 누나 친구처럼 다정다감하고 따뜻하게 대하고… 일부 언론들은 이를 천박하게 보고 있지만 그렇게 대하고 그렇게 방송하는 그들이 오히려 천박하지요. 이러한 이유만으로도 내가 김건희 여사를 위해 더 특별히 기도해야 하지 않겠습니까?

내게는 지극히 당연한 일입니다.

특히 실상을 아는 나로서는, 즉 내가 늘 말하는 원력-하늘의 힘-이 김건희 여사를 향하고 있기 때문입니다. 그래서 지금까지 누구도 못 한 일 그러나 누군가 꼭 해야 할 일을 김건희 여사가 할 것입니다. 아무나 그 일을 할 수가 있는 일이 아니기에 그분의 역할이 더욱 기대됩니다.

나는 지금 이 모두를 다 보고 있습니다. 그리고 구상하고 있습니다. 그리고 선사님이 이미 아신 것처럼 남이 모르는 비법이 있습니다. 이 비법은 뒤에 소개하겠습니다. 그분(김건희 여사)은 천세를 다 아는 분입니다. 지기도 알고요. 그러기에 영빈관의 천도와 앞으로의 대사에 큰 역할을 하실 분입니다.

아직도 여론과(언론 방송) 많은 이들이 잡다한 문제로 김건희 여사를 봅니다. 색안경을 끼고요. 색안경을 끼면 실상이 제대로 보이지 않습니다. 이미 색이 정해져 있으니까요. 원래 인물 앞에는 날파리

들이 나는 법입니다.

특히 인물이 일어서면 벌떼들이 벌떼같이 달려들지요. 이러한 현
상은 다 지나가는 허상의 일이기에 순간의 일일 뿐입니다. 내가 지
인들과 신도들과 함께 기도해 김건희 여사가 반드시 청와대에 입성
하셔야 합니다.

소승 일파가 기도합니다.
당신은 영부인입니다. 유튜브에 올리고 김사랑 카페에 신도들이
글을 올리고 주변으로부터 목숨까지 위협을 받으면서 소신을 굽히
지 않는 이유입니다. 그분은 20대 대통령 영부인입니다.

3.

고 노무현 대통령을
당선시키고 죽음 예언

대사님.

대사님의 유튜브(효학문연구소. 운을 드립니다)를 보았습니다. 그리고 대사님의 저서 『대운의 터』도 읽었습니다. 소문대로 대사님이 대단하신 분임을 다시금 알게 되었습니다. 모든 것이 사실로 이루어진 역사적인 기록들이기에 아니 믿을 수 없음에도 놀라게 됩니다.

이번 대선이 20여 일밖에 남지 않았습니다.

대선 판세가 막전막후라 누구도 당선 예상을 말하기 힘든 상황입니다. 오히려 집권당의 후보인 이재명 후보가 유리한 상황 속에서 대사님은 오히려 국민의 힘 윤석열 후보가 당선될 것으로 예측하셨습니다. 그것도 당선 확신하신다고 말씀하셨는데. 그 이유로 김건희 여사가 청와대에 들어가야 하기 때문입니다. 김건희 여사만이 꼭 할 수 있는 일이기 때문이라고 하셨습니다.

대사님.

그래서 여쭈겠습니다.

대사님은 2002년 대선에서 노무현 후보를 당선시켰습니다. 노무현 대통령과의 인연과 당선 비법을 한번 말씀해 주십시오. 모두 생생하게 기억하고 있습니다. 집권 여당의 후보인 한나라당 이회창이 대통령에 당선될 거라고 말할 정도로 이미 정황은 이회창 후보를 머리 위에 올려놓고 있었습니다. 사실이 또한 그랬습니다. 인지도 유명세 인맥 조직 자본 선거 판세 및 대세 등 모든 지표는 이회창 후보를 말하고 있었습니다.

절대 열세로서 상대가 되지 않는 노무현 후보를 어떻게 해서 당선 시켰는지 묻지 않을 수 없습니다. 전문가들도 마찬가지고요. 노무현 후보는 불가능이다. 오직 이회창 후보가 당선될 것이라는 돌이킬 수 없는 선거 상황에서 무슨 방법으로 노 후보를 당선시킬 수 있었습니까? 자세히 말씀해주십시오.

예. 말씀드리겠습니다.
2001년도 초가을이었습니다. 그때 제가 계룡산 동학사 인근에서 수행 기도 중이었습니다. 한 중년 남자가 찾아왔습니다. 노란색 잠바를 입고 동학사 입구 한국 전통찻집인 동다송에서 대담을 나누었지요.

스님 제가 노무현입니다.
예, 그래요. 청문회 스타시군요. 무척이나 바쁘신 분이 어떤 일로 소승을 찾아오셨습니까?

단도직입적으로 말씀드리겠습니다. 대사님 제가 이번 대선에 출마하려고 합니다. 당선할 수 있겠습니까? 마음을 정했습니다마는 먼저 대사님의 고견을 듣고 싶습니다.

당시에는 당내 경선도 치르지 않은 상황이었습니다. 섣불리 말하기가 어려울 때였습니다. 잠시 얼굴을 주목하며 조심스레 신중하게 더듬어 보고 그리고 영계를 보았습니다.

같이 가시지요.

대사님 어디로 가시는지요?

대전 현충원을 찾아 영계의 한 절차인 시범을 보이고 발복 기도를 드렸다. 그리고 나서 벤치에 함께 앉아 예언했죠.

당선시켜드리겠습니다.

당선됩니다. 같이 노력하죠. 대신 한가지 약속하셔야 합니다.

말씀하십시오.

지금 제가 발복 기도를 마친 대전 현충원 서울 국립묘지를 비롯한 전국 강산에는 구천을 떠도는 영혼들인 영가들이 많이 있습니다. 일제 투쟁의 독립군들 국내 및 민주 연해주의 독립군 일제 총독의 강압 통치에 의한 중 일 전쟁 태평양전쟁을 통해 희생된 수백만의 영혼들, 6·25 동족상잔으로 피 흘린 수백만의 영혼들, 제주 4·3항쟁 독재 민주항쟁 등에 이르기까지 수없이 많은 영가가 있습니다.

청와대, 국회의사당, 정부 각 부처에 호국영령과 있는 원귀들, 조상을 천도하고 싶어도 할 수 없는 빈한한 가정들, 이들을 도와 영가들이 구천을 떠도는 일이 없도록 편안하게 모셨으면 좋겠습니다. 이들을 천도하지 않고는 이 나라가 평온할 수 없습니다. 태평을 누릴 수 없습니다. 세종시 공약과 천도 꼭 기억하시겠습니까?

예, 마음에 두겠습니다. 오늘의 은혜를 잊지 않겠습니다. 대신 저를 위해서 끝까지 기도해 주십시오. 대사님의 범상치 않은 능력을 믿기 때문입니다.

그렇게 약조하고 특별천도와 발복 기도가 시작되었습니다.
바람을 따라 하늘을 보니 신상(계룡산)의 파란 하늘이 푸른 강으로 보인다. 파란 하늘길을 따라 달리는 파란강 하늘강…. 이내 구름이 덮여 신비를 더한다.

민주당 당내 경선
극적으로 노무현 후보가 대통령 후보로 선출

대통령 선거전 상대 당인 한나라당의 이회창 후보에 절세 약세인 노무현 민주당 후보 선거전이 가열될수록 조금씩 힘을 실어 나가더니 중반쯤 되니 상승하기 시작한다. 선거 열기가 뜨거워진다. 드디어 노무현 후보가 승부수를 던진다. 정몽준 후보와의 담판을 짓는다. 공개 국민 경선이라는 새로운 방법으로 노무현에게는 불리한데도 결국 그는 승리를 거머쥔다. 비로소 노무현 후보의 지지세가 올라간다.

그러나 누가 알았으랴?
선거 열기가 가장 뜨거운 선거전 1주일. 정몽준 후보가 노무현 후보의 지지를 철회할 줄을….
선거는 끝났다. 아니 끝난 것이나 마찬가지다. 그러잖아도 집권당의 이회창 후보가 멀리 앞서가고 있는 상황에서 자신의 온몸을 던진 단일화 국민 경선에서 힘겹게 얻은 승부수가 이젠 부메랑이 되어 돌아왔으니… 모든 것을 포기할 수밖에 없는 상황이다.

그때 제가 말했습니다.

노 후보님. 정몽준을 찾으러 가십시오. 공개석상에서 공개로 철회했기에 문을 안 열어주어도 그래도 기다려야 합니다. 대문이 열릴 때까지 선거는 반전이 될 것입니다.

소승 일파가 철야기도 하고 있으니 힘내시고 이 운명의 고개를 반드시 넘으셔야 합니다. 즉 이번 대선의 승패는 여기서 좌우됩니다. 승패는 여기서 결정됩니다.

정말 열심히 기도했는데….

정몽준 대문이 열리도록 밖에 선 채로 기다리는 노무현 후보. 굳게 닫힌 대문… 시간이 흐른다. 천년의 시간처럼 하염없이 기다리는 노무현 후보. 방송을 통해 전국 온 국민에게 이 모습이 생생히 중계된다.

그런데도 선거일은 어김없이 닥쳐왔다.

선거 시작-개표 시작-개표 초반부터 이회창 후보가 앞서 달린다.

그런데 이게 웬일인가?

개표 시간이 흐를수록 노무현 후보의 표가 조금씩 불어난다. 중반을 넘어서고 종반에 가까이 가니 두 후보의 표가 근사치가 된다. 막판 역전이다. 충격이다. 누구도 예상 못 한 일이기에 노무현 후보의 당선이 더 충격이다.

그러나 일파대사의 예언대로 하늘(국민)들은 노 후보를 택했으니…

운정식당 사장님(김점동), 정다송 찻집 사장님과 함께 개표 방송을 지켜보던 일파대사가 밖으로 나간다. 눈물을 흘린다. 방성대곡의 십상에 젖은 듯 하염없는 눈물을 흘린다.

해낸 것이다. 16대 대통령 당선을…

즉시로 제자들과 함께 만사 정리 후 상경해 제자인 김성희의 집이 있는 압구정동에 사무실을 낸 일파대사.
청와대의 후원과 함께 시작될 효학문연구소 그리고 효원출판사를 차린다. 그런데 어찌 된 일인가? 아무런 연락이 없다. 기다리다 지친 일파대사가 전화를 건다. 퉁명스러운 비서진들 나중에는 오히려 짜증을 낸다.

그러기를 일 년, 이 년, 삼 년, 오 년… 결국 퇴임 때까지 아무런 연락을 받지 못한다. 구천을 떠도는 이 땅의 수많은 호국영령, 전국 유명 곳곳에 산재한 원귀들이 천도를 받지 못하고…

다시 산으로 들어가는 내 심정은 그저 아리기만 하다. 회한이 된다.

지리산 내대리 마을에 있는 청천암에서 다시금 수도에 정진하는 일파 스님. 어느 날 새벽 불현듯 꿈에 노무현 대통령(죽음)의 꿈을 꾼다. 너무 놀라 잠을 깬 채 밖으로 나와 서성인다.

이 어쩐 일인가?
아침 뉴스에 노 전 대통령의 생가인 봉화마을의 뒷산 봉화산에서 등산 중 추락 서거를 알린다. 그런데 거기에 노 대통령의 마지막 대면자인 무진 스님의 인터뷰가 실린다. 생전 마지막 목격자로 그분은 나의 스승이시다. 아버지 같은 스승님. 7년 만에 스승님을 뉴스로 만난 것이다.

그대로 달려갔다. 봉화마을로… 그러나 마을까지 갈 수가 없었다. 이미 뉴스를 보고 전국에서 몰려온 조문객들로 인산인해가 되어 들어갈 방법이 없었다. 조문객들로 인한 차들은 계속하여 꼬리를 물고 있고 할 수 없이 뒤로 돌아 산을 넘었다. 함께 있는 제자들과 함께 무진 스님과의 상봉. 그동안 서로가 생사를 모르고 지냈는데…

스승님이 말씀하셨다.

"다 털어 버려라. 모든 연을 끊거라."

얼마 후, 노무현 대통령이 꿈에 나타났다.

그는 꿈속에서 말했다.

"대사님 죄송합니다. 약속을 지키지 못해 정말 송구합니다. 본의 아니게 비서들을 통해 모든 일이 정리되는 바람에. 그러나 관계인들을 통해 은혜는 갚도록 하겠습니다. 하오니 저희 가정만은 재중갖도록 도와주십시오."

꿈속 대통령의 말대로 노무현 대통령과 어머님을 천도해 드렸다. 그 후 꿈속의 말대로 복을 입은 일파 스님. 다시금 스승님의 말씀이 귓전을 울린다.

다 털어 버려라.

모든 연을 끊거라.

상세한 내용은 유튜브에서 검색하세요.

〈故 노무현 대통령과의 인연〉

〈(효학문연구소) 고 노무현 대통령 자살이냐? 타살이냐?〉

4.

박근혜 전 대통령,
이재용, 신동빈 구속 예연

대사님 유튜브를 보니 미국을 여러 번 다녀오셨습니다.

①미국에서 박근혜 대통령령 탄핵 구속, 삼성그룹 이재용 부회장 구속, 신동빈 롯데그룹 회장 구속을 말씀(예언)하셨습니다.

②캘리포니아 얼바니 유니버시티 공대학장인 세이 교수의 치료 문제입니다. 당시 세이 교수는 캘리포니아 의대 교수팀들과 의료진 및 미국에 내노라는 최고 수준의 의사들도 치료를 포기한 상태인 10년 동안 말기 암 환자였습니다. 초상 치를 날짜만을 남겨놓은 치료 불가의 중증 환자를 깨끗하게 낫게 하셨습니다.

③그리고 그 당시 코로나가 막 시작되었습니다. 대사님은 세계적으로 이 전염병이 2~3년 이상 지속되며 세계적으로 큰 문제로 대재앙이 될 것이라고 말씀하셨습니다.

④힐러리 트럼프 구도의 미 대통령선거에서 모두가 힐러리가 당선될 것이라고 예상했는데, 대사님만 유일하게 트럼프의 손을 들었습니다. 그다음 선거인 트럼프 바이든 경쟁에서 모두의 예상을 깨고 바이든이 대통령이 될 것이라고 말씀(예언)하셨습니다.

신기한 것은 이 모든 일이 대사님의 말씀(예언)이 다 적중된 것입니다. 누구나 궁금히 여길 수밖에 없는 이 사실에 대해 대사님의 자세한 설명을 듣겠습니다.

저는 미국을 3번 다녀왔습니다.

처음엔 연수차 공부하기 위해, 두 번째는 내가 전국을 만행 중 전북 익산시 왕궁면을 지나가는데 미국에서 카톡으로 전화가 왔습니다. 이분이 자기 고향이 왕궁면이고, 그곳에서 미국으로 이민하였고, 미국에서 장로라면서 나의 저서를 다 읽고 감동하였다면서 뵙고 싶다고 나를 미국 LA로 초청했습니다.

그분이 홍성 거 씨인데, 그분의 집은 LA에서 약 2시간 정도 떨어진 야산이었습니다. 우리가 어릴 때 서부 영화에서 자주 보던 그 계곡이 이었던 것입니다. 밤이면 하늘의 별들이 손에 잡히듯 눈앞에 있는 곳이었습니다.

아름다운 청정지역 밤에 그곳에서 기도드리는데 둘이서 각자 똑같은 회답을 받았습니다. 방언으로 뜨겁게 기도하던 홍성 거 씨는 나의 기도가 같은 대답으로 들려 왔으니 놀랄 일이었습니다.

박근혜 대통령령 탄핵과 구속
이재용 삼성그룹 부회장의 구속
신동빈 롯데그룹 회장의 구속

이 어찌 놀랄 일이 아닙니까?

그 당시 박근혜 대통령은 해외 순방 및 정상회담 정치 일정으로 몹시 바쁜 몸이었고, 삼성 이재용 부회장 역시도 회사 일로 동분서주하며 탄탄대로로 달리는 중이었습니다. 신동빈 롯데 회장은 형제간에 다툼으로 분쟁 중이었습니다.

　미국 대선 중인 힐러리와 트럼프 경쟁에서 여론의 대세는 힐러리였음에도 불구하고 예언을 각자 받은 나와 홍성 거 씨는 페이스북에 들어가 트럼프에게 당신이 이번 선거에 대통령이 될 것입니다. 대한민국을 잘 부탁한다고 했고, 대통령의 구속을 막아보려고 홍성 거 씨는 등기 속달로 청와대에 사실을 알렸고, 이재용 부회장에게는 동생인 이부진 여사에게 보냈습니다. 그동안 20년이 넘도록 대한민국의 미래를 위해 삼성의 이건희 회장과 이재용 부회장이 잘되도록 기도했지만, 나로서는 이 부회장을 만나거나 가까이할 수가 없었습니다 (비서진들에 막혀). 롯데 신동빈 회장에게도 등기 속달로 보냈습니다.

　그러나 세 군데(세 분) 다 연락 두절 깜깜무소식이었습니다.
　내 예언대로 세 분 모두 구속되었고, 이재용 부회장이 처음 서울 구치소에 구속되었을 때는 나의 저서 『대운의 터』 외 2권 총 3권을 보내고, 이재용 부회장에게 보냈다는 것을 MBC를 비롯한 언론 방송 뉴스를 보기도 했습니다. 이에 나는 당신의 건강과 미래의 삼성을 위해 힘써 기도하겠습니다.

　힘내십시오.
　이재용 부회장님!

효학문연구소 일파스님, 25년 동안 예언: 이혼, 구속, 건강

　남이 알아주든 안 알아주든 상관치 않고 나라의 발전을 위해 삼성 그룹의 대부흥과 이재용 부회장을 위해 성심 정성으로 기도했습니다. 지금도 그렇지만 앞으로도 삼성을 위한 발복 기도는 멈추지 않을 겁니다. 우리의 기업 삼성이 세계적 대기업의 반열에 올라 당당히 선두로 달리고 있는 모습이 얼마나 대단합니까?

　자랑스러운 일입니다. 국가와 민족의 자부심이 아닐 수 없습니다. 이재용 부회장이 출소 때, 그의 어머니 홍라희 여사가 부산 용궁사에 후원했다는 방송 보도를 통해 들었습니다.

이재용과 박근혜 전 대통령의 인연

2018년도에 미국에서 상담을 위한 카톡을 받았습니다.

스님의 예언대로 박근혜 대통령, 이재용 부회장, 신동빈 회장이 구속되는 것을 보고 저의 저서와 유튜브를 보았습니다. 본인은 한국에서 명문대를 졸업하고 미국 캘리포니아 얼바니 유니버시티 공대에서 석사 박사과정을 마치고 지금은 미 해군 국방성에 근무 중인데 하는 일들이 잘 안 풀리고 건강이 몹시 나빠져 스님의 천도와 발복 기도를 부탁드립니다. 나는 그분이 보내준 사진과 이름을 보고 천도와 발복 기도를 해주었습니다.

한 달 후 또 전화가 왔습니다.

건강이 너무너무 좋아졌고요. 스님은 신과 같습니다. 그 신통력에 그저 놀랄 뿐입니다. 그런데 부탁이 있는데요. 본인에게 박사학위를 준 담당 교수님이 10년 동안 혈액암으로 고생고생하시다가 이제는 치료를 포기한 상태입니다. 시한부 인생으로 생의 마감을 두고 있습니다. 마지막으로 지푸라기라도 잡는 심정으로 담당 교수의 사진과 이름을 카톡으로 보내드린다는 부탁을 받고 최선을 다해서 천도와 발복 기도를 해주었습니다.

기적이 일어났습니다. 담당 교수가 병에서 해방된 것입니다. 얼바니 의대가 난리가 났습니다. 4명의 의사진들이 관리를 해왔지만. 자기들도 포기한 치료 불능의 환자가 치료되어 건강해졌으니… 한국 교수의 간증 동영상을 올려놓으니까 꼭 보세요.

효학문연구소 일파스님, 간증 암 환자가 호전되고 있습니다

2019년 12월 초 감사의 뜻이라며 나를 미국으로 초청했습니다. 캘리포니아 얼바니 대학은 우리나라 강남구보다 큰 캠퍼스였습니다. 인사 중에 세이 교수가 하는 말이 세상이 아무리 과학이 발달하여도 영혼의 세계에 영계에 대해서는 따라갈 수 없습니다. 감사하고 감탄하시면서 이 효학문을 빌 게이츠 재단에 논문을 영어로 번역하

여 제출해서 후원금을 받을 수 있도록 돕겠다고 약속했습니다.

  동영상 마지막 장면에 기적같이 살아난 캘리포니아 대학 세이 교
수 사진이 있습니다. 그리고 지금 자기 밑에서 박사과정을 밟고 있
는 학생이 8명 있는데. 그중에 중국 우한에서 온 학생이 있는데 자
신이 면역이 약한데 혹시나 코로나에 전염되지 않을까 염려가 됩니
다. 코로나와 이 학교에 대해 말씀(예언)해 주십시오.

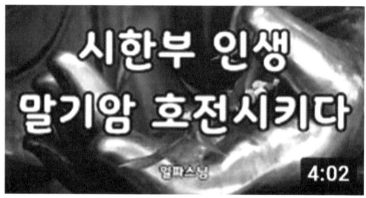

효학문연구소 일파스님, 시한부 인생, 말기암 호전시키다

  나는 이때 코로나 발병을 알았습니다.
  2020년 1월 초였습니다. 전 세계가 코로나 전염병으로 초비상이
걸리고 미국은 수많은 사람이 희생당할 것입니다. 얼바니 대학은 완
벽히 통제(봉쇄)될 것이라고 알려주고 한국으로 돌아가서 최선을 다
해서 발복기도 하겠노라고.

나 역시도 통제로 인해 출입국이 어려워질 것 같아서 즉시 그다음 날 미국을 떠나 한국으로 돌아왔습니다. 한국에 오자마자 유튜브 방송으로 계속하여 코로나 사태를 예언하고 심각성을 알렸습니다. 내 말만 조금만 믿어주었다면 이렇게 힘들지 않을 것을… 그랬더니 이상한 전화와 협박하고 의료법 위반이라면서…. 참 어이없는 세상입니다.

효학문연구소 일파스님, 스님은 신이다. 스님의 신통력의 근원은…

표현도 못 하는 현 정부와 방역 대체를 하는 것을 보고 이런 내용이 어찌 의료법에 해당하나요? 그래서 지리산 중산리에 들어가 대한민국 국운 상승 기도하는데 그때 삼성의 이재용 부회장이 또 구속될 것이다라고 예언되고 적중되었습니다.

또다시 유튜브를 찍고 편지를 보내고, 열심히 노력했지만, 삼성의 벽은… 이 내용들은 유튜브 동영상으로 대신하겠습니다. 이재용 부

회장님 꼭 보시고 건강하시고 하시는 일마다 잘 되시어 부강한 대한
민국을 위해 노력해 주십시오.

효학문연구소 일파스님, 재용씨! 이것은 꼭 해야합니다.

나를 7~8년 전부터 잘 아는 신도 중 삼성 에스원 수원에서 근무
하는 양기순 소장이 있는데, 이 친구는 나와 인연이 되어서 많은 것
이 좋아지고 이 효학문을 이해하고, 본인 회사 사주가 또 구속되는
것을 보고 나와 이재용 부회장과 만남(접촉)이 불가능함을 알고 매우
안타까워했습니다.

삼성이 건재해야 많은 국민이 잘살고 대한민국이 부강해집니다.
저는 스님을 잘 알고 체험했습니다. 꼭 삼성을 위해서 그리고 이재
용 부회장님 건강과 모든 일이 소원성취할 수 있도록 기도해달라고
자신이 모은 돈을 다 털어 나를 후원했습니다.

우리 사주 이재용 부회장님을 위해서 기도해 주십시오. 나라와 이 민족을 위해 삼성이 더 힘차게 일어서야 하니 꼭 기도해 주십시오. 지금 생각해보면 이런 직원이 있기에 삼성은 최고의 기업이 되었고 앞으로도 잘될 것입니다.

양기순 씨 외 수많은 분의 후원으로 나는 한국을 떠나 이역만리 캄보디아로 날아와 킬링필드의 현장인 파일린에서 원귀들을 위한 천도 중인 가운데 삼성 이재용 부회장과 삼성의 대부흥을 위해 힘써 기도하고 있습니다. 기도에 정진 중 천년의 인연으로 한국 유일의 선사인 박성원 선사를 만나는 행운도 가졌습니다. 그도 나의 효학문 즉 원효사상을 모체로 한 효학문이 이 시대 전 국민에게 필요한 보배라면 적극적으로 돕기도 했습니다. 힘을 더해주니 우리의 천지신명이신 하느님께 감사할 따름입니다.

네. 대사님. 잘 알겠습니다.
끝으로 미국 트럼프와 바이든의 대선 경쟁에서 많은 분의 예상과는 달리 바이든이 될 것이라고 말씀(예언)하여 정확히 맞추셨습니다. 앞으로 바이든 대통령(건강)과 세계국제정세를 어떻게 보고 계십니까? 고견을 듣고 싶습니다.

선사님.
아무리 확실한 예언을 해준들 믿지 않고 무시해 버리면 무슨 소용이 있겠습니까. 비서진들이 차단해 버리고 가짜들이 판치는 세상인데… 2019년 11월 말 미국 대선이 있었습니다. 미국에서 기도해보니 바이든이었습니다. 그 바이든의 기를 보니 기운이 빠져있고 건강이 심각합니다. 불운도 보이고 과연 임기를 다 채울 수 있는지 의문이 들었습니다.

만약에 우리와 인연이 된다면, 나는 영계를 접속하여 그 집안을 천도하고 발복을 해주고 싶습니다. 선사님은 고대 한국의 비기, 비술로 도와주시고, 이렇게만 된다면 바이든 대통령은 건강한 몸으로 훌륭히 집무 수행하며 큰일을 할 수 있는데… 제 마음뿐이니 안타깝기만 합니다. 지금은 러시아의 우크라이나 침공, 계속되는 미·중 갈등, 코로나 팬데믹의 장기화…

정치 문제이니 때가 되면 다음 기회에 설명하겠습니다.

무슨 일이든 다 때가 있는 것 아닙니까? 다사다난 복잡미묘한 시기이지만 새영별 김건희 여사 등극으로 한국은 안정은 될 것입니다. 지속적인 발전으로 힘있게 전진할 것입니다. 열강의 견제에도 불구하고 세계의 선두 그룹에 서는 부국강병의 나라가 될 것입니다. 나역시 최선을 다하여 국운 상승 특별기도를 할 생각입니다.

누가 새영별의 존재와 출현을 알렸습니까?

오직 저뿐입니다. 이것 또한 제가 그 부분을 위해 계속 기도해야 합니다. 정든 한국을 떠나 세계를 돌며 수행 기도하는 제 심령의 간절함을 선사님은 다 아실 겁니다. 지금 오직 소원이라면 김건희 여사님과 윤석열 대통령의 양쪽 집안 천도하고 발복 기도하여 김건희 여사님으로 하여금 하늘의 뜻을 온전히 이룰 수 있도록, 하늘이 주신 대업(큰 뜻)을 이룰 수 있도록 지극정성으로 기도하고 기도할 뿐입니다.

　그분은
　하늘이 보내신 하늘의 별. 새영별이니까요.

　-일파대사-

하늘잔치(새영별2)

　잔치잔치 열렸네
　하늘잔치 열렸네

　하늘의 별(딸) 새영별이
　봉황으로 날아와서
　개나리 노랑으로
　진달래 분홍으로
　곱디고운 한복입고
　꽃별되어 등극하네
　잔치잔치 열렸네
　하늘잔치 열렸네

만백성이 일어나
신춤으로 맞이하네
장구장단 흥겨웁고
북징소리 신명난다
청풍피리 명성에
가슴가슴 두둥이고
꽹과리 상쇠는
신명으로 뛰는구나

신명에 불이붙어
상모꽃이 피어나니
백의흰테 펄럭이며
새영별을 맞이하네
잔치잔치 열렸네
하늘잔치 열렸네
새영별 앞서가고
꽃상모 뒤따르니(상모를 돌리는 상쇠)
신북 명성 큰소리에
모든 가슴 울렁이고
신장구에 혼이 탄다
신징소리 황소울음
전지만산 화답하고
닐리리 신피리에
천하만물 춤을추네

잔치잔치 열렸네
하늘잔치 열렸네
새영별 옷 날개에 하늘구름 머무르고
맑은햇살 웅지트네(집을 짓네)
영롱한 무지개살
일곱색깔 무지개
찬치마당 둘러앉고
잔치소식 담은 복풍
사방팔방 달려가네
태산준령 길을내고
강바람도 힘을싣네
새영별 빛을내니
잔치마당 뜨거웁다
이무기의 쓴 독으로
40년을 신음하고

허리 잘려 고통하는
상잔의 핏가슴이(6·25)
신단수로 내려앉고
환웅단군 삼성조의
선국선민 꿈에젖네
잔치잔치 열렸네
하늘잔치 열렸네

만세삼창 포효소리
구름뚫고 하늘닿아
새영별이 답을주니
하늘보좌 열리고
천군군천사 노래하네
하늘보좌 생명빛에
온땅이 빛을내고
하늘보좌 생명수에
온땅이 젖어드니

곳곳마다 생명꽃 피어나고
생명열매 풍성하니
만국민 만백성이
배부르고 풍은하다
가난질병 떠나가고
굶주림이 흔적없네
새영별의 천기와
천제대인 축향속에
만백성이 평안하다
만민이 꿈꾸던 희망의 나라 복된 나라
진리 평화 넘치는 화평의 나라 빛나는 나라
새영별 나라

5.

주식 선물옵션 대박왕, 일파대사

대사님.

산속 수행 정진 중인 스님께서 어떻게 한국 굴지의 대형 경제 연구소 두 곳을 공략하여 함락시킬 수 있었습니까?

대사님에 대한 소문은 이미 듣고 있었습니다.

유튜브를 통해서도 기정 사실적인 대사님의 놀라운 예지력과 한 번도 틀리지 않는 적응력은 알고 있었습니다. 많은 지인을 통해서도 사실 여부를 확인할 수 있었습니다. 그런데 대사님 주식 선물옵션은 예의가 아닐 수 없습니다. 산사 생활(수도 기도)과 대사님의 특별 수행인 천도가 대사님의 상징(메인) 아닙니까?

선사인 저에게도 쉽게 이해되지 않는 일입니다.

한마디로 증권 주식은 대사님의 영역 밖이지 않습니까? 그것도 슬쩍 곁눈질하여 등 너머로 배운 선지식 단순 투자로 운 좋게 한두 번 이익을 낸 것이라면 이해가 됩니다. 주식 증권에 대해서만큼은 전혀 관심이 없었던 전혀 문외한이었던 대사님이 아니셨습니까? 아무런 준비도 하지 않고 아무런 준비도 안 된 상태에서 손을 대셨습니다. 대사님이 손대는 주식마다 큰 이익을 내는 것은 물론이고요. 사실인즉 미다스 같은 큰 손이셨습니다. 결과를 내로라하는 이 땅의 전문가들이 두 손을 들었습니다. 대사님 앞에서만큼은…

대사님.

선사인 저로서도 관심이 아니 갈 수 없고 또한 아니 물을 수 없습니다. 오늘은 이 부분에 대한 자세한 말씀을 부탁드립니다. 아침저녁이 다르고, 오늘 내일이 다른 것이 증권시장입니다. 때로는 집(틀)에 갇힌 원숭이가 이리 뛰고 저리 뛰고 종잡을 수 없이 시시각각 변하는 곳이 증권시장 아닙니까?

특히 대사님이 관여하던 9·11테러, IMF 사태 당사의 주식 시장은 더욱 예측불허의 혼란기였습니다. 일반의 모든 주식이 추풍낙엽처럼 떨어지던 때인데. 그리고 산속의 수행 중인 스님께서 어떻게 200만 원 가지고 하루 만에 일백 배인 2억을 만드셨는지 누군들 놀라지 않겠습니까?

어허, 그렇습니다. 내게는 그저 지나가는 일뿐인데 그렇게 대단하게 여기시니 내가 오히려 부끄럽습니다. 송구할 뿐입니다. 이야기하려면 끝이 없고 시간도 모자라고요, 두 가지 예만 들어 설명하겠습니다.

대신 경제 연구소 나OO 사장님과의 만남

짧은 4박 5일의 홍콩 여행을 마치고 비행기에 올랐다.
비행기 안에서 나는 제일 먼저 국내 신문을 펼쳐 보았다. 물론 주식란을 보기 위해서였다. 국내 신문을 뒤적이는 나를 보며 여승무원이 웃으며 말했다.

"선생님께선 외국 생활을 오래 하셨나 보지요. 그렇게 한국뉴스가 궁금하세요?"

"예? 아, 예."

여승무원이 내가 신문을 보는 사연을 어떻게 알겠는가?

나의 학문, 나의 신용, 나의 미래가 신문 경제면 주식 코너에 걸려 있는 그 이유를 말이다.

D증권은 대한민국 사람들이면 누구나 다 알았다. 나는 홍콩을 떠나기 전 그들 경제팀과 일종의 위험한 게임을 시작했던 것이다. 이 나라 경제의 씽크탱크들이 있다.

시시각각으로 돈의 흐름과 경제 상황의 흐름을 누구보다 민감하게 알아내고 증명할 수있다고 자타가 공인하는 그들을 상대로 게임을 한다는 것은 위험한 도박이었다. 대부분의 정보는 그들이 점유하고 있기에, 투자자들은 그들의 일거수일투족에 의지하여 주식에 접근할 수밖에 없는 한계를 지닌 것이 사실이다.

그럼에도 나는 나의 학문과 영적인 힘으로 그들과 말도 안 되는 경쟁을 하고자 했던 것이다. 그들은 현대과학의 힘을 빌어 컴퓨터의 분석판에서 눈을 떼지 않았다. 그들의 눈과 귀는 항상 열려있고 코는 사냥개보다 민감하게 모든 냄새를 찾아내는 가히 놀라운 능력을 지닌 현대판 투사들이다.

더구나 정규적인 증권거래소에 상장되는 규모가 너무나 작은 회사들의 주식을 일반인들이 정보를 점유하기란 낙타가 바늘구멍에 들어가는 것보다 더욱 어려운 실정이아닌가. 그곳에는 항상 도박꾼들이나 거친 투기꾼들이 우글거리고 더불어 인생의 모든 요소들이 바다에서 파도가 넘실거리듯 잠시도 멈추지 않고 출렁거리고 있다.

나는 신문을 펼치자마자 서둘러 증권소식 면을 펴보았다.
내 눈에 K은행이란 글자가 들어왔다. 화살표가 위쪽을 가리키고 있었다. 내 예언 그대로였다. K은행 주식은 1,800원 정도 올라있었다. 그리고 D증권 팀이 택한 IS방직 주식은 다른 대부분의 주식과 함께 내리막길이었다. 완전한 나의 압승이었다.
나는 신문을 장 사무장에게 보여줬다.

"장 사무장. 1,800원 올랐어."라고 내가 다소간 흥분이 된 표정으로 말하자. 장 사무장은 얼른 이해가 안 간다는 듯이 머리를 긁적이며 내게 물었다.

"1,800원이면 얼른 계산이 안 돼서… 그런데 주가가 얼마나 오른 건가요?"

"이 사람아. 5,700만 원 투자해서 4일 동안 1,800만 원 이익을 얻었단 말이야."

장 사무원장은 그제서야 놀란 듯, 눈을 크게 뜨며 신문을 들여다 보았다.

"선생님, 그럼 N사장님 쪽은요?"

"당연히 IS방직은 마이너스야."

가슴이 벅차 올랐다.

지난 몇 달의 일들이 뇌리를 스쳐 지나갔다.

어느 날이었다. 제자 김은경이 여의도에 있는 D그룹의 D경제연구소를 맡고 있는 N사장을 데리고 왔다. 조금은 어색하게 미소 지으며, N사장은 김은경씨로부터 말씀 많이 들었다며 나에게 자신의 문제를 털어놓았다. 회사 합병문제, 자녀들의 진로 문제 등.

N사장은 독실한 기독교 장로이기 때문에 내 사무실에 오기를 처음에는 꺼려했다고 했다. 이해가 갔다. 나를 거쳐 간 손님 중 종교인들이 꽤 있었던 것이다. 그들은 처음에는 자신이 믿는 종교와 나의 학문과의 사이에서 갈등을 많이 했다.

그러나 내 학문의 뛰어남을 실제로 체험한 뒤, 그들은 내 학문을 진심으로 신뢰했다. 그리고 그들은 자신들이 나서서 내 학문의 놀라움을 주변 사람들에게 이야기하곤 했다. 그는 워낙 내 학문의 놀라운 사례들이 많이 알려져 이렇게 찾아왔다고 말했다.

나는 내심 N사장이 독실한 기독교 신자이기 때문에 혹시나 거부감을 갖지 않을까 하여 어느 때보다 조심스럽게 그와 상담을 하였다.

"N사장님께서는 저희 철학관에 방문하신 분 중에서 제일 집안이 발복되신 분입니다. 조상님들이 잘 가신 분들이 많으셔서 후손들에게 많은 도움을 주고 계십니다. 하지만 몇 분의 원귀가 계십니다. 그분들만 좋은 곳으로 천도해 드린다면 앞으로도 계속 발복되실 겁니다."

나는 N사장에게 나의 학문을 조리 있게 거부감이 들지 않도록 설명하고, 그 자리에서 확인시켜 주고, 원인과 이유를 납득할 수 있게 설명했다. 내 설명을 다 듣고 놀란 듯 N사장이 말을 꺼냈다.

"목사님께서도 세상에 귀신이 있다고 하시긴 하더군요. 그런데 목사님과 다른 점은 목사님은 귀신을 쫓아낸다고 하시고 선생님께서는 귀신을 잘 가시게 한다는 게 다르군요. 그리고 또 선생님은 그걸 어떻게 하느냐에 따라 자손이 영향을 받는다고도 하시구요."

대부분 다른 신앙을 가지신 분들은 애초부터 나의 모든 말을 처음부터 부정해 대화 자체가 이루어지지 않는 경우가 대부분이다. 그것에 비하면 N사장은 비교적 나의 세계를 이해하려는 성의를 보이는 축에 속했다. N사장은 조금은 곤혹스러운 표정을 지으며 말했다.

"그런데 선생님. 상 위에 음식을 놓고 절을 하는 것은 제가 믿는 종교에서는 우상숭배라고 합니다. 금기되어 있죠. 그래서 그건 좀 생략했으면 합니다만 괜찮겠습니까?"

"N사장님, 각 종교마다 의식이 차이는 있습니다. 유교, 불교는 제 사상에 절을 드리고 기독교는 하지 않구요. 하지만 이것은 우상숭배 가 아닙니다. 이것은 어떻게 보면 효의 한 형식입니다. 만약 어느 분께서 돌아가셔서 조문객이 오면 제각기 자기 종교에 맞는 형식으 로 조문을 합니다.

어떤 이는 절을 하고 또 어떤 이는 묵념을 하고 또 어떤 이는 기도 를 하기도 합니다. 그렇지만 고인을 추모한다는 의미에서는 똑같은 것입니다. 때문에 사장님이 기독교 방식대로 성경을 가지고 오셔서 기도를 드리며 저의 천복 절차를 행하셔도 상관없습니다. 귀신을 위 하여 찬송가를 불러도 좋구요. 다만 저는 제가 수도한 저 나름의 비 법으로 천도를 할 뿐입니다. 천도를 받은 후에 곧 느끼실겁니다."

내 말을 끝까지 듣고. N사장은 뭔가 알겠다는 듯이 고개를 끄덕였 다. 나는 모든 정성을 들여서 N사장에게 천도를 해주었다. 천도직후부 터 N사장은 무언가 달라지는 자신의 모습을 느끼는 듯했다. 그제야 자 신의 몸의 변화에 놀라워하며 나에게 경이의 시선을 보내기 시작했다.

N사장은 거듭 고맙다고 하며 자신의 일이 잘 풀리면 나를 꼭 후원 하겠다고도 말했다. 그리고 앞으로는 모든 것을 김은경 씨를 통해서 연락하겠으니 문제가 생길 때마다 많이 좀 도와달라고 했다.

그는 그 후 기업 합병 문제로 외국으로 출장을 갈 때면 나에게 꼭 자문을 요청하곤 했다. 그는 내 자문대로 일을 하면 매번 좋은 결과를 얻는다며 외국 출장에서 돌아올 때는 나에게 작은 선물을 하기도 했다.

그러는 와중 사무실 운영비, 학문 연구비, 천도비용 등등으로 경제적인 상황은 악화되고 있었다.

D증권 N사장 경제팀과의 위험한 게임

1998년 11월 초, 아침저녁으로 기온의 변화가 확연하게 달라지는 늦가을이었다. 신림동에서 고시 공부를 하던 강호병이라는 사람이 찾아왔다. 척 보기에도 마음고생을 많이 한 사람처럼 얼굴이 어두웠고 건강이 안 좋아 보였다. 그는 고시에서도 연거푸 떨어지고 급기야는 건강까지 안 좋아지자 나의 이야기를 듣고 찾아온 것이다.

나는 상담을 해주고 나서 강호병씨의 천도를 해주었다.
그런데 학문의 효과가 바로 나타나자 진심으로 놀란 강호병씨는 내 밑에서 공부를 하고 싶다고 했다. 눈빛이 너무 절실해 거절할 수가 없었다.
단 하나 문제가 있다면, 한 사람을 더 들이기에는 너무좁은 집이었다. 비좁은 철학관 사무실은 나와 장 사무장 김은경, 강호병, 배효경씨 등이 앉기만 해도 꽉 들어찼다. 어느새 식구들이 많이 늘어난 것이다.

나는 그 당시, 지리산에 있는 스승님, 총무원장 스님, 시골에 계신 어머님에게도 얼마간의 돈을 드리고 있었고, 거기에 나와 장사 무장의 생활비, 철학관사무실 운영경비로도 꽤 많은 돈을 쓰고 있었다. 보다 더 나은 활동을 위해서는 어떤 대책이 필요했다.

궁리 끝에 문득 D증권 N사장의 말이 떠올랐다.
그가 언제든 후원해주겠다고 하지 않았던가. 나는 김은경씨에게 물어보았다.

"은경 씨, N사장님께서 후원해주신다고 했는데 소식 없어요?"

그런데 뜻밖의 얘기를 했다.

"선생님, N사장님 회사 직원들이 손해를 많이 봤나 봐요."

"무슨 말이에요?"

"이번 IMF 때 주가가 떨어져서 지금 무척 힘드신가 봐요."

그 당시 주가는 연일 바닥을 치고 있었다.
자연스레 사람들이 증권시장을 떠나고 있었다. 나는 N사장의 처지가 안 돼 무심코 말을 내뱉었다.

"전문가분들이 그렇게 힘드시면 어떻게 해요? 내가 해도 잘 맞출 수 있을 것 같은데."

순간 '아차' 하는 생각이 들었다.
그러나 이미 엎질러진 물이었다. 내 말을 듣자마자 그녀의 얼굴은 흥분되고 있었다.

"진짜 그러세요? 그게 정말이면 선생님. N사장님께 오를 종목이 뭔지 가르쳐 주세요. 그것만 된다면 N사장님께서 아낌없이 후원해주실 거예요. 아직도 우리 학문을 완전히 믿으시지 않는 눈치지만 증권만 맞는다면 N사장이 우리를 백 퍼센트 믿고 후원해주실 거예요."

그녀의 얼굴은 흥분으로 발갛게 상기되어 있었다.

"선생님, 저희들은 선생님의 능력을 믿어요. 증권만 예언해주시면 저희도 꼭 보답을 할께요. 큰 사무실로 이전하시게 도와드리구요. 공부하러 일본 가시는 것도 도와드릴 수 있어요. 저희 친정엄마가 선생님께서 천도를 해드리고 나니까 오천만 원을 내놓으시더라요. 그 돈으로 선생님 예언대로 증권을 해볼게요. 설사 선생님 예언이 빗나가서 주식이 휴지가 돼도 괜찮아요."

그녀와의 대화를 옆에서 듣던 배효경씨까지 이렇게 말하며 나에게 매달렸다. 김은경씨는 이에 맞장구를 치며 여의도에 내가 철학관을 새로 개업하게 되면 N사장님이 분명히 후원해주실 거라며, 사무실이 깨끗하고 넓어야 N사장 같이 경제 감각이 뛰어난 사람들이 아무 거부감 없이 찾아온다면서, 그러기 위해서는 돈이 필요하다고 나를 설득해댔다.

　나도 처한 상황이 상황이었기에 점점 마음이 흔들리기 시작했다. 그러나 어차피 큰일을 하려면 기본적인 돈은 필요한 것이 사실이다. 다만 이것은 고통받고 버림받은 많은 영혼을 위무하기 위한 내 수행의 한 방편으로 행하리라 다짐했다.
　결국 나는 눈 딱 감고 하기로 결정을 내렸다.
　동기가 순수하다면 별 문제 될 것이 없다고 생각했다. 어차피 지금의 철학관 경제 사정으론 선택의 여지가 없었다.

　"합시다. 김은경씨는 N사장님을 찾아가서 이야기하세요. N사장님이 직접 D증권 아무 지점이나 지시하라고 말하고, 그곳 지점장 이름을 알아 오세요. 이번에 내 예언이 맞으면 꼭 후원해 달라는 약속도 받아오시고요."

　나는 자신이 있었다.
　나는 나의 학문을 믿기 때문이었다. 모두 신이 난 표정들이었다. 장 사무장은 특히 더욱 신이 난 듯했다. 20년간을 인쇄업에만 종사하다가 IMF 한파로 퇴출되고 나서 나와 인연을 맺어 집안이 점점 좋아지고 본인도 건강해져 나를 그 누구보다도 믿고 의지하며 그림

자처럼 나를 따라다니던 사람이었다. 그는 이번 일이 잘되면 좀 더 큰 뭔가가 펼쳐질 것이라는 예감을 하는 듯했다.

얼마 후에 긴장된 얼굴을 하고 김은경씨가 돌아와서 명함을 한 장 내밀었다. 명함에는 'D증권 종로5가 지점장 OOO'이라고 적혀 있었다. 나는 곧바로 전화했다. N사장이 지점장에게 미리 전화를 해놨는지 그는 내 말이 떨어지자마자 일사천리 일을 진행시켰다.

구좌에 김은경씨의 명의로 배효경씨의 돈 오천만 원을 예치시켜놓았다며 어떻게 하면 되냐는 질문을 해왔다. 그때가 11월초였다. 나는 단호하게 말했다.

"12월 3일 날 매수해서 12월 23일까지 계속 오르고 1월 9일이 파는 시점입니다. 매수 종목은 종로5가 지점에 직접 가서 말하겠습니다."

예언을 해주고 난 뒤. 12월 15일에 영동호텔 뒤에 있는 정원이 딸린 2층으로 된 큰 독채로 이사하기로 계약했다. 12월 4일부터 4박 5일간은 장 사무장과 홍콩으로 영혼 공부를 가기 위해 이런저런 준비를 했고, 거기에 필요한 경비와 모자라는 사무실 보증금 등은 배효경씨가 빌려주기로 돼 있었다.

나는 기도에 들어갔다.
기도에 들어가는 나의 각오는 그 어느 때보다 비장했다. 이 예언이 맞지 않으면 지금까지 해온 나의 학문과 모든 믿음이 하루아침에 물거품이 될 수도 있었다. 한 단계 위로 올라가느냐 아니면 다시 밑바닥으로 떨어지느냐 중대한 기로였다. 혼신을 다해 기도를 드렸다. 켜 논 촛불이 바람도 없는데 무섭게 흔들렸다. 나의 영혼이 나의 육신을 완전히 이탈해 무한천공의 세계 끝까지 치달리고 있었다.

며칠을 그렇게 보냈다.

그리고 드디어 당일 아침이 왔다. 기도에 진을 너무 빼버려 입 안이 헐어버렸고 배는 고팠으나 밥 한 술 뜰 수 없었다. 빈속으로 종로5가 지점으로 갔다. 김은경씨는 먼저 와서 초조한 표정으로 날 기다리고 있었다.

지점장과 인사를 나누고 차를 한 잔 나누었다.

지점장은 호기심이 가득 찬 눈빛으로 시종 나를 쳐다보다 종목을 물었다.

"K은행으로 만 주 사주십시오."

"예? K은행이요?"

그는 대단히 놀란 듯, 들고 있던 커핏잔의 커피가 쏟아질 것처럼 흔들렸다. 그는 당혹스런 표정을 지었다. 그도 그럴 것이 당시는 증권 시세가 너무나 안 좋은 때였고 더구나 IMF 시기 은행주들은 가장 최악에 해당되는 종목이었다.

그는 한 주당 5,700원에 K은행 주식 만 주를 매수해 주면서도 걱정스러운 듯이 나를 쳐다보았다.

"그것이 정말 될까요?"

나는 불안해하는 그를 쳐다보며 아주 구체적으로 이후에 일어날 일에 대해 예언했다. 작정하고 하는 일이었다. 추호의 망설임도 주저할 것도 없었다. 나는 확신에 찬 어조로 예언을 해줬다.

"12월 23일경에 약 삼천만 원 정도 이익이 생길 것이고, 내년 1월 9일경에는 그 배가 오를 것입니다. N사장님께 연락해서 보고 드리세요. N사장님도 내 예언대로 하시면 된다고."

그런데 지점장이 잠시 후, 내 그럴 줄 알았다는 듯한 거만한 미소를 지으며 다가왔다.

"선생님, N사장님이 K은행은 안 된다고 하십니다. N사장님께서는 IS방직을 매수하신다는군요."

뭐라 할 말이 없었다.
그저 안타까울 뿐이었다. 나를 믿는다고 해 놓고도 또 이러다니. 나를 끝까지 신뢰하지 않는 그가 원망스러웠다. 그러나 어쩔 수 없는 일이었다. 나는 지점장의 비웃음을 등 뒤로 한 채, 종로5가 지점을 나왔다.

내 예언대로 K은행주를 산 김은경씨는 증권회사 사장인 N사장이 내 예언을 일축하고 IS방직 주를 사자 마음이 흔들리는 것 같았다. 하긴 나는 단지 나의 학문만을 근거로 말할 뿐 그전까지 증권의 증자도 모르던 사람이 아니던가.

그에 비해 N사장 쪽은 이 나라 최고의 두뇌와 엘리트들이 모인 증권 전문가 팀이었다. 보통의 상식을 가지고 있는 사람이라면 누구의 말을 믿겠는가?
그녀가 내심 불안해하는 것은 당연한 일이었다. 그러나 결과만이 나의 학문이 옳다는 것을 증명할 것이다.

나 사장이 1998년 여름 정도에 김은경 씨의 안내로 저의 사무실로 찾아왔고, 나는 그를 위해 지극정성으로 천도재를 올렸다. 그의 몸이 좋아지자 이를 신기하게 여긴 그는 나의 능력을 알아보고는 주식 시장 이야기를 했다.

그 당시 1998년 IMF로 인하여 주식은 하루가 멀게 폭락과 폭락이었다. 경제 연구소에서 600억을 투자할 테니까 가르쳐 주시면 따르겠다. 수익이 난다면 후원하겠다. 주식 투자의 전문가이자 경제 연구소 드림팀을 이끌고 있었던 나 사장에게 조언했지만, 끝내 그는 내 말을 믿지 못했다.

나는 증권을 시작하기 전 계획해 놓았던 홍콩행을 강행했다.

그리고 장 사무장과 동행하기로 했다. 나는 떠나기 전에 김은경씨를 불렀다. 그녀의 얼굴은 초조와 불안에 휩싸여 있었다.

"김은경씨, 나를 믿어요. 그 동안 내 예언이 틀리는 것 봤나요. 그런 적 있으면 말해보세요."

그녀는 자신의 그런 모습이 미안한지 목소리가 안으로 기어들어가고 있었다.

"아뇨. 선생님의 예언은 항상 맞으셨어요."

"그래요. 이번에도 마찬가집니다. 불안해 하지 마세요. 나는 함부로예언하는 사람이 아닙니다."

12월 4일 김포공항에서 수속을 마치고 장 사무장과 비행기에 올랐다.

"장 사무장, 내 예언대로 증권이 올라야 할 텐데."

"저는 선생님을 믿어요. 잘 될 거예요."

장 사무장은 정말 나를 믿는 듯했다.

그의 목소리를 들어보면 안다. 나를 믿는다는 목소리가 아주 단호
했던 것이다. 장 사무장은 내가 증권으로 인하여 스트레스를 많이
받아 보인다고 생각했는지 시종 내 눈치를 보며 나의 안색을 살폈
다. 그러나 장 사무장은 곧 밝은 표정이 되었다.

오랜만의 여행에 설레는 것 같았다.

홍콩은 예전에 사업 관계로 몇 번 다녀온 곳이었지만. 그때와는
달리 이번에는 나의 천도비법을 좀 더 강화시키고 영혼과의 접속을
위한 것이었기에 감회가 사뭇 새로웠다. 홍콩은 세계 무역의 중심
도시답게 전 세계의 경제인과 관광객들이 어울려 이 동양의 색다른
풍경을 만끽하기 위해 분주했다.

나는 모처럼 방문한 홍콩의 또 다른 면을 감상하면서 홍콩 해양
공원, 신사, 절 등을 다니며 영을 접속해 보았다. 그러면서 나는 한
국이든 일본이든 홍콩이든 영혼의 세계는 지구상 그 어디나 마찬가
지라는 것을 느낄 수 있었다.

4박 5일 일정이었는데 이틀간 돌아보며 공부를 하고 나니 시간에
여유가 남았다.

"장 사무장. 마카오에 가봅시다."

"마카오가 어딘데요?"

장 사무장은 무슨 뚱딴지 같은 말씀이세요 하는 표정이었다.

"카지노가 있는 곳인데 그곳에는 바카라라는 것이 있어요. 학문을 시험 삼아 그 기계를 상대로 게임을 한번 해볼까 하고요. 그것도 공부니까 다행히 조금의 자금을 손에 쥘 수 있다면 여행경비하고 조그만 선물을 준비하는데 보태고… 외화 쓰지 말고 벌어가자구요."

돈을 벌어가자는 내 말에 장 사무장은 잠도 설치며 마냥 신이 나 있었다. 장 사무장은 비행기도 타고 배도 타고 이곳저곳 신기한 곳을 찾아다니는 것이 좋아서 시종 싱글벙글이었다.

나는 마카오에서 불과 몇 시간의 바카라로 그동안 쓴 모든 경비를 벌 수 있었다. 바카라를 하기 전에 나는 내 학문과 비법으로 기도를 했다. 그리고 그 카지노 안에서 일어나고 있는 모든 게임의 승과 패를 읽어낼 수가 있었다.

카지노에 있던 사람들이 내가 거듭 돈을 따자 신기하다는 듯 내 주변으로 몰려들었다. 허나 그들은 알 수 없으리라. 내가 결과를 이미 알고 바카라를 한다는 것을. 그리고 나는 카지노에서 돈을 잃은 사람들을 위해 기도를 했다. 내 기도가 끝나자마자 여기저기에서 환호성과 함께 동전 쏟아지는 소리가 들렸다.

카지노가 어른들의 오락이라면 오락은 즐거워야 하지 않겠는가.

내가 카지노를 나가려 할 때, 눈이 푸른 외국인이 나를 불렀다. 그는 한국말을 조금 알고 있었는데, 자기는 미국 모 대학에서 심령술을 가르치고 있는 교수라고 했다.

그는 어떤 알지 못할 힘에 붙잡힌 듯 내가 바카라로 돈을 따는 것을 처음부터 끝까지 지켜보았다고 했다. 그건 당신이 게임을 하는 것이 아니라 어느 보이지 않는 누군가가 대신 해주고 있다는 느낌을 받았다고 했다.

엄청난 에너지가 나의 몸에서 뿜어져 나오는 것을 자신은 똑똑히 보았다고 했다. 그는 분명히 잘 본 것이다. 나는 도박을 잘 못한다. 아니 도박을 해본 적이 없다고 말하는 것이 옳을 것이다.

나는 고개를 끄덕여 주었다.

그리고 그에게 나의 명함을 주었다. 그는 한국에 가면 꼭 나를 찾아오겠다고 했다. 하여간 마카오에서 딴 돈으로 장 사무장과 나는 홍콩의 아름다운 야경 속에서 쇼핑도 하고, 제자들과 아는 분들에게 줄 선물도 샀다.

그리고 비행기에 오르자마자 신문을 펴 든 것이었다.

한국에 도착해 보니 사무실은 온통 흥분의 도가니였다. 모두 나를 전과 다른 경의의 눈초리로 쳐다보고 있었다. 이렇듯 사람들은 결과가 있기 전까지는 나를 신뢰하려 들지 않았던 것이다. 왠지 긴 축제의 행렬 속을 혼자 걸어가는 듯한 외로움이 엄습하여 왔다. 하여간 계획대로 사무실을 이전했다. 증권은 나의 예언대로 오르락내리락 하고 있었고, 나를 결정적인 순간에 믿지 않았던 N사장의 IS방직 증권은 마이너스 행진이 계속되고 있었다.

지리산에 있는 스승님에게 찾아가 좋은 곳으로 이사를 했다고 알렸다. 스승님은 매우 기뻐하며 전에 했던 당부를 잊지 않았다.

"일파야, 한 걸음씩 천천히 걸어라."

총무원장 스님에게 찾아가 일파가 원장 스님 모시려고 포교원을 설립하기 위해 큰집으로 이사했다는 말도 했다. 그런데 호사다마랄까. 공부에 열중해야 할 김은경씨와 배효경씨는 학문은 뒷전이고 주식에 관심을 쏟고 있었다. 그들은 사무실에서도 증권 이야기로 정신을 못 차리고 있었다. 조금만 내리면 팔아버리자. 조금 더 오르게 놔두자는 등 매일같이 증권 이야기뿐이었다. 점점 물욕에 눈이 멀어가고 있었다.

12월 23일.
내 예언대로 내가 선택한 국민은행 주식은 3,600만 원 정도 올랐고, N사장이 선택한 IS방직 주식은 아직도 마이너스 행진 중이었다. 그러자 김은경씨와 배효경씨는 안달하기 시작했다.

"선생님, N사장님이 이젠 우리를 믿어요. 증권, 이제 팔아요. N사장님이 후원해주실 거예요. 우리가 이겼어요."

  그들은 완전히 물욕에 눈이 멀어 버린 것 같았다.
  이젠 업무를 못 볼 지경이었다. 사무실 분위기가 마치 증권사 객장 같아졌다. 이 모든 건 다 나의 공부의 부족함 때문이라는 생각이 들었다. 저들이 저렇게 순식간에 물욕에 눈이 멀 줄은 미처 예상치 못 한 일이었다.

  나는 점점 그녀들이 자신들의 아름다운 마음을 돈에 빼앗기는 것이 싫었다. 그래서 알아서 처리하라고 했다. 결국 주식을 산 배효경 씨도 내 예언을 못 믿고 있었다. 그날로 그녀들은 매도했다. 원금을 공제하고 남은 이익금은 3,600만 원 정도였다. 그때가 1998년의 마지막 날이었다.

  나는 유리창에 고고히 드리워진 겨울 달빛을 쳐다보며 깊은 생각에 잠겼다. 이제 이 넓은 사무실을 어떻게 운영할 것인가? 포교원도 설립해야 하고 원장 스님도 모셔야 하고 앞으로 할 일이 태산 같은데….
  그러나 나는 다시 결의를 다졌다. 그 시커멓던 영도다리 아래 바닷물로 뛰어들기까지 했던 내가 아닌가. 그런 인생의 밑바닥까지 내팽개쳐졌던 내가 여기까지 왔는데 무엇이 두려우랴.

  나는 다시 전의를 불태우기 시작했다.

1999년 우여곡절 끝에 포교원을 설립하고 일본에도 사무실을 설립하여 일본으로도 진출할 계획을 세웠다. 그런데 문제는 역시 돈이었다. 집만 덩그러니 있을 뿐이었다. 포교원을 만들려면 법당도 있어야 하고 여러 가지 집기들도 있어야 했다. 사무실에 쓸 물품들, 실내 인테리어도 새로 해야 했다.

직원도 많이 늘어나 있었다.
일본어를 잘하는 여직원 2명. 밥 짓는 공양주 1명. 장 사무장과 나 그리고 강호병까지. 사무실에 들어가는 비용과 직원들에게 나갈 급료를 계산해보니 한 달에 천만 원도 모자랄 것 같았다. 거기다가 일본까지 진출하려면 돈이 더 필요했다. 설상가상으로 총무원장 스님도 1월 말에 여기로 모시기로 약조를 드린 상태였다.

연초라 그런지 찾아오는 사람들도 거의 없었다.
그러던 중 이미 인연이 끝났다고 생각한 김은경씨가 생활 한복을 한 벌 사 가지고 찾아왔다.

"선생님, 정말 죄송합니다. 다시는 돈의 노예가 되지 않겠습니다."

그녀는 깊이 고개를 조아렸다.
내 말대로 1월 9일까지 국민은행 주식은 계속 올랐었다. 내 말을 믿고 그대로 가지고 있었으면 더 큰 이익을 얻을 수도 있었던 것이었다. 나를 믿지 못했던 그녀는 뒤늦은 후회를 하고 있었다. 그녀는 다시는 나의 말을 의심하지 않고 열심히 공부하겠다고 했다. 그리고 N사장에게 후원을 약속받아왔다는 말도 했다.

　나 역시 그녀에 대한 믿음이 컸던 만큼 그녀를 내칠 때의 내 마음의 상처도 깊었던 것이다. 나는 선뜻 그녀를 받아들일 수가 없었다. 그러나 그녀가 간절하게 뉘우치고 용서를 비는 것을 보며 생각에 잠겼다.
　나의 학문이란 종국에는 인간에 대한 깊은 애정이 아니던가. 나는 그녀를 다시 받아들였다. 그런 그녀가 자숙하지 못하고 또 이런 말을 했다

　"선생님께서 작년 11월 초에 증권 예언을 해주실 당시 N사장님의 친구분인 S은행 여의도 지점장이 1월달 안에 퇴출된다고 예언을 하신 적이 있으시다면서요. 그런데 그렇게 될 것 같지 않데요.
　며칠 전 N사장님을 만났는데. 그 친구분은 전국에서 2명밖에 못 받는 대통령상까지 받으신 분이래요. 이번에 이사로 승진되는 것은 따 놓은 당상이라고 하시던데요.
　만약 선생님께서 예언하신 대로 그분이 퇴출되지 않으면 N사장이 선생님을 신뢰하지 않게 될지도 모르겠어요. 그러면 저도 여의도에 개업하기가 힘들 것 같아요. 물론 지금까지 선생님이 해주신 건강. 사업. 합병. 증권 예언 등 틀린 것이 하나도 없으셨지만요. 하지만 이번에는…."

　나는 그녀가 말꼬리를 흐리는 것을 보며 또 나를 믿지 못하고 있

다는 것에 은근히 부아가 끓어올랐지만 어떻게 하겠는가. 그녀와 나의 속세의 인연이 그것밖에 안 되는 것을.

"김은경씨, 들어봐요. 지금은 1월 초예요. 내가 퇴출된다고 예언한 날짜까지는 아직 20일이 남았지요. 사람이 왜 그렇게 조급해요."

그녀는 나의 질책에 나를 또 믿지 못하고 함부로 떠들어 댄 것이 무안한지 얼굴이 벌개졌다. 그리고 얼마 후, 그녀로부터 다급하게 전화가 왔다. S은행이 통합되면서 N사장의 친구분은 이사로 승진을 못하고 퇴출되었다고 했다. 이유는 오직 하나, 너무 똑똑하다는 것이었는데, 그를 견제하는 세력이 많았다는 것이었다. 인간사의 일들이란 이토록 한 치 앞도 내다보지 못하는 어리석음 투성이인 것이다.

2001년 9·11 테러

내 예상대로 9·11 사태가 터지자 모두 난리가 났습니다.
세계 초강대국 미국이 백주에 속수무책으로 당한 아메리카의 대재앙 9·11. 미국 국방성 펜타곤뿐만 아니라 미국 심장부이자 세계 무역 금융의 허브인 뉴욕 세계무역센터가 파괴되는 전대미문의 초대형 테러 사건. 상공을 날던 비행기가 납치되고, 전 세계가 대폭락하는 카오스 혼돈의 난세였습니다.

이백만 원으로 엄청난 수익인 이익이 되고… 이 기록은 그 당시

충남. 대전시 유성구 유성온천 앞 동원증권에 기록되어 있고 이곳에서 인출 하였습니다.

황금을 건진 일파대사 마이다스의 손.

그는 참으로 신적인 존재가 아닐 수 없습니다. 이때의 인연으로 일파대사는 지금도 소일거리로 선물옵션을 만지므로 짭짤한 수입을 올려 여행경비와 지구상에 떠도는 영가들을 위하여 무료 천도도 하고 소외당한 사람들을 돕고 많은 분을 자문도 하고 있습니다. 9·11사태. 국난 대사 대난을 미리 예언하여 이를 세인에게 알리는 하늘의 전령사 일파대사!

그에게 무슨 말을 더하랴!

6.

1300년 전부터 전승된
원효대사의 1급 비결서

대사님.

대사님께서 이번 대선에서는 김건희 여사가 청와대에 꼭 들어갑니다. 그분만이 꼭 하실 일이 있기 때문이라고 말씀하셨습니다. 박근혜 전 대통령의 탄핵과 삼성그룹 이건희 회장의 건강과 죽음 이재용 부회장이 구속될 것을 예측하고. 미국의 9·11테러 때. 200만 원을 가지고 하루 만에 이억이 되고 뿐만 아니라. 고 노무현 대통령을 당선시키고. 다 죽은 미국의 캘리포니아 공대학장 세이 교수가 살아나고. 이 놀라운 예지력과 능력과 한 번도 틀리지 않는 예언의 정확성에 실로 감탄할 뿐입니다. 또한 대사님의 저서와 유튜브에 위의 사실이 실사적인 자료가 되고 있습니다.

대사님. 도대체 그 비법이 무엇입니까?
이 시간은 이를 몹시 궁금이 여기는 많은 사람에게 쉽게 이해할 수 있도록 상세한 설명을 정중히 부탁드립니다.

저의 모든 것은 1300년 전 신라의 고승인 원효대사의 신비록을 보체로 하고 있습니다. 현재 원효대사의 사상과 철학 우주적 진리관은 한국을 넘어 일본에서도 신적 존재로까지 섬김을 받고 있습니다.

이 신비록은 역대 왕가와 명문 사대부의 집안을 통해 비밀리에 전수 전승된 한 민족의 정신사 결정판입니다. 우리 민족 문화 유산의 으뜸이라고 말할 수 있습니다. 그만큼 경이롭다 할 만큼 타의 추종을 불허하는 뛰어난 비서입니다.

불력(불교 역사)은 물론 인류사에 이만한 가치의 비중 있는 책이 없었기 때문입니다. 그만큼 불교라는 종교를 뛰어넘는 만상을 올곧이 담고 있는 만고 진리의 명서입니다.

바로 이 신비록에 천지조후가 나옵니다.

이를 일일이 설명하려면 오히려 시간이 부족합니다. 간단히 언급하고 천지조후 중 우리에게 가장 중요시되는 조상의 기에 대해 조심스럽게 살펴보겠습니다.

〈천 지 조 후〉

사람은 태아로 잉태되는 그 순간부터 숨을 거두는 마지막 순간까지 천지조후의 기운과 그 영향을 받고 살아갑니다.

그중에서도 부모님을 핵심으로 한 조상님 5대조까지의 영향은 가히 절대적입니다. 현생을 살아가는 동안 누구나 조상신이 절대적인 영향으로 행복과 불행이 좌우되고 성공과 실패가 가름 됩니다.

천기

천지조후의 천기란 말 그대로 하늘의 기를 말하며, 우주 만물을 창조하고 우리를 이 땅 지구에 보내신 절대자 창조주를 말합니다. 그러기에 우리는 모두 절대자 창조주의 자녀들입니다.

지기

지기란 땅의 기운 즉 지신의 기운을 말합니다.

우리는 모두 끝없이 광활한 우주인 하늘에서 이 땅 지구로 보냄을 받았습니다.

조상의 기

모든 인간의 생사 화복 만사에 깊은 연관이 되어 평생을 함께하는 천 지 조 후 4가지 기운 중 가장 중요 부분입니다.

이 기운을 잘 받느냐 못 받느냐에 따라 운명이 결정됩니다. 살아온 인생 앞으로 살아갈 인생이 뒤바뀔 수도 있는 것이 조상의 기운입니다.

후손의 기

후손의 기란 부모님으로부터 잉태된 태아가 이 땅에 와서 살아가는 동안 자신의 운명을 스스로 노력하고 개척하여 성공을 위해 분투하는 본인의 기를 말합니다.

일파대사님이 진행하고 있는 모든 비법은 위 4가지 기운과 그중에서 그 비중이 으뜸인 조상의 기운을 어떻게 조화롭게 운용하는가에 따라 전혀 다른 인생을 살아갈 수 있습니다.

생사여부는 물론 길흉화복 성공 실패 행복 불행 무병장수 부귀영화 건강 기쁨 사랑 행복 등 우리를 이 땅에 보내주신 절대자 창조주의 보살핌과 은혜를 입는 하늘의 기운인 천기. 이 세상을 관장하는 모든 지신의 보살핌을 받는 지기. 사람이 이 세상에 태어나는 순간 하나의 인연 적필연으로 조상으로부터 받는 영혼의 기운인 후손의 기. 마지막으로 자식들에게 가장 큰 영향을 미치고 나에게 삶의 우연과 필연 사방팔방으로 씨줄과 날줄 같이 엉클어진 인생을 얼마큼 성실하게 살아가는가에 따라 권선징악으로 결정되는 조상의 기로 집약되는 천지조후의 신비로운 조화를 마음에 두면서 다음 실험을 주목하기를 바랍니다.

본 서가 단지 이론으로 그치는 책이 아닌 입체감 있는 실증적 책임을 알게 될 것입니다.

먼저 누구나 할 수 있는 쉬운 예를 하나 들겠습니다.
산소에서나 납골당 제사 음식으로 조상(부모님)님의 길흉을 알 수 있습니다. 산소에서나 납골당 혹은 제사를 지낼 때. 음식을 차리게 됩니다. 음식 중 술이나 떡 과일 적 (부침개) 등 아무거라도 상관없습니다.

차린 음식 중 한 가지를 선택하십시오.

만약 술이라면 제사상에 올리지 않은 술은 따로 한쪽에 두십시오. 그리고 절하고 기도하고(묵념도 상관없습니다)… 저를 이 땅에 보내주신 하늘의 하느님(천지신명님) 감사하고(조부모님 부모님) 감사합니다.

잠깐(5~10분)의 기도를 마친 후. 제사상에 올린 술과 올리지 않은 술을 비교해서 맛을 보세요.

영혼의 속도는 광속인 빛의 속도보다 빨라서 잠깐의 시간(2~3분)이라도 변화가 옵니다. 평안히(천당. 극락에) 가신 조상님은 술이 맛있고 순합니다.

이 시대의 사건 사고, 가짜는 가라! 진짜 천도!

그러나 좋은 곳으로 못 가시고 구천을 떠도는 영가는 술이 독하고 맛이 없습니다. 천재지변이나 전쟁 사태 쓰나미 등으로 시신을 찾지 못한 경우 돌아가신 영정이나 지방을 쓴 뒤 제사상처럼 실험해보세요. 세계 어느 곳에서도 똑같습니다.

소승이 한국 일본 미국에서 만행 중 유튜브에 있는 동영상을 보시고 모두 행복했으면 합니다.

이것은 간단한 것 같지만 확실한 방법입니다. 누구나 스스로 사실 여부를 확인할 수 있는 것이니까요. 만일 제물이 두부라면 두부가 맛이 변하여 탱탱하여 고소한 맛이 나는데 이 어찌 아니 믿을 수 있겠습니까?

일파스님, 일본에서 극락세계로 인도하다! 진짜 천도-가짜 천도

효학문연구소 일파스님, 부자가 되고 싶다. 건강하고, 훌륭한 자녀를 만들고 싶다!

지금도 이 기본도 못 갖춘 많은 무속인, 스님, 술사 등이 사실을 알지 못하는 순진무구한 분들을 속인 채 굿, 산신재, 푸닥거리, 천도재 등으로 요란을 떨고 있습니다. 자신도 알지 못하면서 굿을 한다. 푸닥거리한다. 천도재를 올린다고 하여 자신의 주머니 채우기만 급급한 술사 등이 판을 치고 있는 게 대한민국 현실입니다.

　독자 제위께서는 위의 한 가지 사실만으로도 가짜에 속일 이유가 없습니다. 남의 물건을 훔치거나 남의 돈을 빌리고도 갚지 않는 이생의 사고보다도 영혼을 사고 파는 가짜 술사들의 죄악은 크지 않을 수 없습니다. 능력이나 아무런 준비도 없으면서 이제 당신의 부모님은 좋은 곳으로 가셨습니다. 걱정하지 않으셔도 됩니다. 모든 일이 잘되실 겁니다. 같은 거짓말까지 더하는 죄가 얼마나 크겠습니까?

　결론은 조상님이 다 잘 가셨으면 후손들은 건강하고 모든 일이 잘되고, 조상님이 잘못 가시고 구천을 떠돈다면 건강, 사업, 승진, 출세 등 잘 될 생각은 조금도 하지 마세요.

　본서를 읽는 독자 제위께서만이라도 가짜 술사들(거짓 무당, 거짓 스님, 거짓 천도가)에게 속지 않기를 바랄 뿐입니다. 나의 정성, 시간, 제물 등 이 땅에 떨어짐은 물론 부모님(조상님) 천도에 아무런 도움이 되지 않는 술수 놀음에 놀아나서야 되겠습니까?

진짜 천도, 대한민국에서 일본까지 천도봉사 만행기

진천

　앞에서도 말씀드린 것처럼 좋은 곳으로 평안히 가신 부모님(조상님)을 두신 후손은 조상님(부모님)의 도움과 발복을 받습니다. 건강해집니다. 하는 일이나 사업이 순탄하고 형통합니다.

　그러나 구천을 떠도는 영가를 두신 본인(후손)은 액운이 듭니다. 구천을 떠도는 영가가 된 조상님 등이 나를 도와 달라, 제발 나를 좋은 곳으로 가게 하여 구천을 떠돌지 않게 해 달라고 사정합니다.

　이것이 그 자식들에게는 화가 되어 멀쩡한 사람이 아프고, 속이 쓰리고, 가슴이 답답하고, 다리가 저리고, 잠이 잘 오지 않고, 밥맛도 없어집니다. 자식들에게 갑자기 이상한 일들이 생기고 하는 일마다 사업이 제대로 풀리지 않아 힘이 들고, 대인 관계가 비틀어지거나 끊어지고. 많은 불행으로 나타납니다.

내가 구천을 떠도는 처량한 신세가 되었으니 나를 좋은 곳으로 보내달
라고 애걸하는 것이 위와 같은 불행 이런 현상으로 나타나는 것입니다.

일파스님, 임진왜란 선조들의 귀무덤 호국보훈 천도봉사

결국 진정한 참 천도란 이러한 부모님(조상신)을 더 이상 구천을
떠돌지 않는 좋은 곳으로 보내드리는 것입니다.

온전한 천도(진천)로 부모님이 좋은 곳으로 가시게 되면 자연히 액
운이 떠납니다. 불안하고 초조한 마음이 사라지고의 히스테리 조울
증 같은 정신이상까지 말끔히 치료됩니다.

부모님(조상님)이 좋은 곳으로 가셨으니 더 이상 자손에게 사정하
는 일이 없기에 액운이 떠나는 것입니다. 갖가지 구설에 휘말려 화

를 당하는 일도 더는 없어집니다. 천도를 통하여 부모님을 꼭 좋은 곳으로 모셔야 하는 이유입니다.

그렇다고 떠돌이 술사들의 무속 무당 굿 푸닥거리 산신제 기도 이상한 천도재를 말하는 것은 절대 아닙니다. 여기서도 저는 대한민국의 국은 상승과 무운을 위해 발로 뛰는 일파대사의 모습을 봅니다.

지금도 그는 국립묘지(서울 동작구. 대전 현충원. 광주 망월동 5·18 묘원. 4·19 묘원) 등을 살피며 천도해 드리고 있으니까요. 침략(일본 제국주의의 식민 통치. 6·25 참전용사)에 의해 희생된 영가(혼령)를 천도하고 있습니다. 국가가 할 일을 한 개인이 하고 있습니다.

일파스님, 국립대전현충원, 호국보훈 천도봉사

원효대사의 '신비록의 유일한 전수자'가 지금으로부터 일백여 년전 1300년의 역사를 지니고 비밀리에 전수된 신비록이 갑자기 사라집니다. 여러 내우외환과 환난 외침으로 심산유곡의 비승들에게로 숨겨졌던 것입니다.

천년을 지낸 비서로서 한민족의 보고이며 인류 문화유산의 가치를 지닌 신비록은 또한 신비로운 방법으로 보존되어 청송선사(일파대사님의 스승) 명맥으로 이어 마지막으로 일파대사에게 전수됩니다.

그러기에 일파대사는 원효대사의 신비록을 전수 받은 최후의 스님이 되었습니다. 스승이신 청송선사님께서 열반하셨기에 천년의 비맥을 이은 일파대사의 어깨가 한층 더 무거워졌습니다.

세속에 뛰어들어 세인들과 함께하면서도 세속에 속하지 않았던 원효대사 실사 실리적 수행과 가르침으로 실제 생활 신앙(종교)의 효시가 된 원효대사 사상과 철학은 불교의 영역으로서는 담을 수 없는 큰 진리입니다. 실로 경이롭다 할 수밖에 없는 광대무변의 우주적 진리 그 자체입니다. 그러기에 원효대사의 사상과 철학은 무병장수 부귀영화 건강기쁨 사랑 행복을 추구하는 온 인류의 이상향입니다.

황금만능 제일주의의 물신이 판치는 정신적 공황이 계속되는 현세에 원효대사와 같이 화쟁 사상을 실천하시는 다시 보기 어려운 인류 보배의 진리를 가진 전령사(일파대사)가 우리 옆에 있습니다. 대단한 행운입니다.

그로 인해 천년의 비서 신비록이 우리에게 전해지게 되었으니, 그의 역할의 중요성은 감히 표현할 수 없습니다. 원효대사는 역사 속 인물이지만 우리가 그를 직접 만날 수는 없습니다. 그의 음성을 직접 들을 수는 없습니다.

　그러나 일파대사는 우리와 함께하기에 원효대사의 신비록을 그를 통해 들을 수 있기에 우리는 참으로 행복합니다.

　친구인 일파대사를 스승으로 모시고 있는 저의 기쁨(행복)은 말할 수 없고요.

　신비록 천년비맥

　원효대사-무학대사-백봉스님-청송선사-일파대사

7.

명품 자녀는
이렇게 만든다

대사님.

앞장에 서술하신 대로 조상의 기와 그 기운이 후손에게 미치는 영향이 절대적인 사실이라는 말씀 잘 들었습니다. 구천을 떠도는 영혼도 천도를 통해 좋은 곳으로 갈 수 있다는 대사님의 말씀과 대사님이 행하시는 그 비법을 믿게 되었습니다. 누구나 확인할 수 있고 또한 확인이 되었으니까요.

대사님께서는 유명한 미국 캘리포니아 공대 세이 교수의 불치병을 고치셨습니다. 피부암 말기 환자로 미국의 저명한 최고 의료진들이 최선을 다했음에도 결국 초상 날짜만 기다리는 죽어가는 환자를 낫게 하셨습니다.

또한, 국회의원 지방선거, 대학 총장, 대통령선거의 당락을 한 번도 틀리지 않고 정확히 예측(예언)하셨고요. 고건 시장, 국회의원 노무현 의원을 대통령에 당선시키셨습니다. 또한 IMF 세계적 경제 대혼란을 예언하시고 그때 혼돈의 도가니 속에서 오히려 주식 대박을 이루셨습니다. 한번 빠지면 나오기 뻘 같은 구덩이 속에서도 황금을 건져 올리셨습니다. 현대그룹의 분란과 정몽헌 회장의 불운 등 톱뉴스들을 예측(예언)하셨습니다.

대사님.

이러한 명성에 의거해 오늘은 한 가지만 더 묻고자 합니다.

어떻게 하면 나의 자녀들이 건강히 자라고 명문대에 들어가서 훌륭한 사람이 되어 집안과 사회에 자랑스러운 인물이 되겠습니까?

건강(불치병치료), 초대형사건 사태(예언), 선거(당선 여부), 주식 선물옵션(고소득 주식 대박)을 이루신 것처럼 이 질문도 상세하게 설명해 주십시오.

대사님께서는 국내외의 여러 명문대에 많은 학생을 입학시켰고, 지금도 많은 학생을 입학시키고 있습니다. 어떤 방법으로 어떻게 기도하시기에 이런 일이 가능한지를 다시 한번 여쭙겠습니다.

유명 교수나 유명 인사는 물론 일반인들은 할 수 없는 일이기 때문입니다.

네, 꼭 필요한 질문을 하셨습니다.

내가 일찍부터 시작한 효학문 연구소도 결국은 자녀 문제입니다. 효 즉 부모님(조상님)들을 잘 모시지 않고는 잘 되는 일이 없기 때문입니다. 나의 관점으로는 조상님을 잘 모시지 않고는 성공과 출세는 꿈도 꿀 수도 없습니다.

자녀를 둔 부모라면은 한결같은 소망인 성공 출세 유명세를 탄 명문 집안을 위해 우선 나의 집안부터를 예를 들겠습니다.

제주국제학교, 제주영어마을, 싱가포르영어국제학교

불여일견 아닙니까?

자녀 공부라면 기러기 아빠, 엄마는 물론 전심전력을 넘어 사력을 다하는 핵가족 사회의 우리 부모들에게 좋은 예(사례)가 될 것입니다.

자녀 문제라면 어떤 희생도 마다하지 않고 집중하는 우리(한국) 부모들 아닙니까?

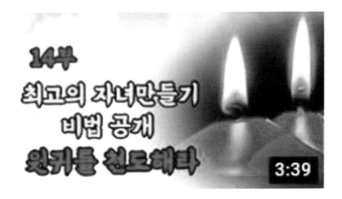

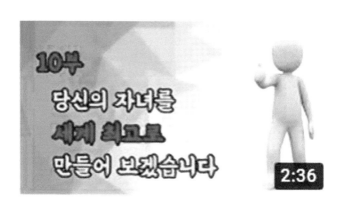

저 자신도 지나칠 정도로 열심히 살았지만 되는 일이 없었습니다. (나의 저서 『다시 세상 속으로』)에 상세히 기록되어 있지만, 중국에서 사업이 망하고, 이혼하고, 결국에는 부산 영도다리에서의 자살을 시도하려 할 때, 그 당시 속가의 자녀는 초등학교 2학년이었습니다.

2월의 밤바다 바람은 유난히 차가웠다.

나는 영도다리 난간을 붙잡고 한없이 깊고 차가워 보이는 바닷물을 하염없이 바라보았다. 여기서 지금 뛰어내린다면 이제 정말 이 지긋지긋한 세상과 끝이로구나, 생각하니 후련한 것 같기도 했으나 한편으로는 서글픔이 밀려왔다. 어머니의 얼굴과 아들과 딸의 얼굴도 차례로 떠올랐다. 울컥 감정이 격해지자 난간을 꽉 잡은 손이 떨리기 시작했다.

어쩌다 사랑하는 아내에게 이혼 당하고, 보고 싶은 자식들의 얼굴마저도 못 보는 처참한 지경이 되었는지. 누구보다 열심히 살아왔는데, 결국 노숙자로 전락하여 전전긍긍하다 이곳에서 죽는다고 생각하니 심장이 터질 것만 같았다. 이곳 부산은 신혼 살림을 시작했던 곳인데, 이런 모습으로 생을 마감하다니….

열심히 살아왔는데, 왜 이다지도 하는 일마다 무너진단 말인가. 이젠 더 이상 내려갈 곳도 없는 맨 밑바닥 인생. 남은 것이라고는 빚더미뿐. 한때는 잘 나가던 사업가였는데, 서울역 지하도의 노숙자 신세가 되어 매일 아침 주린 배를 채울 걱정을 하며 배고픔과 추위에 떨었다.

세수도 하지 못해 얼굴엔 누런 기름때가 번들거리고, 입고 있는 낡은 옷은 세탁을 하지 못해 지저분하기 짝이 없었다. 주머니 속에는 천 원짜리가 서너 장 있을 뿐, 당장 갈 곳도 의지할 사람도 없는

생활이었다. 그렇게 서울역에서 몇 달을 보내다 부산 친구에게 전화
했다. 반갑게 대하며 부산으로 오라했다.

우리는 밤이 깊도록 술을 마셨다.
사람 대접 받지 못하던 서울역의 부랑아였던 나를 따뜻하게 맞아
주는 친구가 너무나 고마웠다. 오랜만에 마시는 술과 안주에 나는
금세 취했다. 친구와 헤어질 때, 그가 억지로 내 손에 쥐어 준 두툼
한 지폐는 내 모습을 짐작한 친구의 마음이었다.

부산에서의 생활도 막막하기 그지 없었다.
그래, 언젠가는 한번 가는 인생. 이렇게 구차하게 살 바에야 깨끗
이 죽어버리자. 아무도 모르게 깨끗하게 죽기로 결심하니 두 눈에서
눈물이 흘러내렸다. 가족들에게 공연한 폐와 슬픔을 안겨주고 싶지
않았다. 부산역 지하도에 있는 보관함에 가지고 있던 신분증과 소지
품을 모두 넣어뒀다. 이제 내가 죽더라도 내가 누구인지 알아낼 수
있는 그 무엇도 나오지 않으리라.

영도다리 난간에 섰다.
주머니에서 동전 하나가 잡혔다. 저승 갈 때 노잣돈으로 쓰려고
아까 주머니에 넣어둔 백 원짜리 동전이었다. '그래 이것마저 세상
에 버리고 가자. 아무것도 가지고 가지 말자'하는 생각이 들었다. 영
도다리 아래 밤바다가 나를 덮쳤다. 나는 깊고 깊은 바닷속으로 빠
져들고 있었다. 그 와중에도 냉기가 온몸을 파고들었다.

"보시오. 정신이 듭니까?"

갑자기 옆에서 사내의 목소리가 들렸다.
눈을 떠보니 50대쯤으로 보이는 사내가 나를 내려다보고 있었다.
사내는 어딘지 모르게 기품이 있어 보였다. 그가 바다에 빠진 나를
구한 것이었다.

"당신. 산으로 가보시오. 그렇게 하는 게 좋을 것 같아."

한동안 나를 바라보던 사내가 불쑥 그런 말을 했다.
산이라… 산이라는 말이 낯설게 들리지 않았다. 정신이 다시 몽롱
해지며 나른한 잠이 쏟아졌다. 그런 상황에서도 나는 다시 잠이 들
고 말았다. 얼마나 지났을까. 사람들이 웅성이는 소리에 정신이 들
었다.
"놔두소. 경찰이 오면 정신병원으로 데리고 갈낀데. 뭘."

어느 남자의 목소리. 정신병원! 정신이 번쩍 들었다. 언젠가 자살
미수범은 정신병원으로 데리고 간다는 말을 들은 것 같았다. 경찰이
오면 조사하고 정신병원으로 보내겠지. 아니면 보호자에게 연락을
해서 신변인수를 한다고 해도 내 몰골을 보시는 어머니, 누나의 마
음은 어떨까? 여러 생각들이 머리를 스쳐 지나갔다.

멀리서 경찰차의 사이렌 소리가 들려오는 것 같았다.

나는 벌떡 일어섰다. 옷이 물에 흠뻑 젖어 바닷물이 줄줄 흘러내렸다. 몸은 물에 젖은 솜처럼 말을 듣지 않았다. 하지만 그 순간에는 체면이고 뭐고 없었다. 나는 뛰기 시작했다. 자갈치시장이었다. 뒤를 돌아보니 아무도 따라오지 않는 것 같았다. 그제야 온몸의 긴장이 풀렸는지 숨이 가빠오고 갈증이 났다. 옷에서는 김이 모락모락 피어올랐다.

시장 아주머니에게 물을 얻어 마시고 숨을 돌리고 있을 때였다. 낯선 남자 두 사람이 다가왔다.

"여보시오, 급하게 뛰어오는 것 같은데, 무슨 일이오?"

"누구신지요?"

"몹시 피곤해 보이는데, 우리 어디가서 아침이나 먹읍시다."

나는 그 사람들이 누구인지, 생전 처음 보는 나에게 왜 친절을 베푸는지 이상한 생각이 들었다. 그러나 죽기로 결심하고 물속에까지 들어갔다 나온 마당에 꺼리길 것이 없었다. 이른 새벽부터 사람들이 많이 모이는 자갈치시장이기 때문에 일찍부터 문을 연 식당들이 많았다. 우선 가까운 국밥집에 들어가 앉자 긴장이 풀리며 곧 쓰러질 것만 같았다.

"무슨 일인지 모르겠지만 용기를 내고 다시 열심히 살아보시오. 모두 힘든 상황에서도 처자식 생각하며 버티고들 다 살아가는 것 아니겠소."

마치 내 마음을 다 알고 있다는 듯 용기를 주는 따뜻한 말이었다.

"지금까지 잘살아보려고 정말 뭐든 열심히 했습니다. 그런데 인생이 왜 이런지… 정말 다시 살고 싶은 마음이 없습니다. 세상이 싫습니다. 어디 조용한 산 속에 가서 산다면 모를까."

나는 바다에서 건져주었던 사내가 한 말이 머릿속에 떠돌고 있던 차라 불쑥 그렇게 말을 내뱉었다. 그렇게 말을 하고 보니, 정말 세상을 떠나 조용히 살고 싶다는 마음이 간절해졌다.

"정말, 그런 마음이오? 그렇다면 내가 도움을 줄 수도 있겠군. 글쎄, 그분께서 지금도 거기 계시는지 모르겠네."

그 남자는 지리산에서 도를 닦고 있는 도인을 알고 있는데, 그분은 사람들의 미래를 점 칠뿐 아니라, 사람들에게 깔린 나쁜 기운을 몰아내고, 귀신을 볼 수 있는 영험한 능력을 지니고 있다고 했다. 그 분을 찾아가 그분의 학문을 배운다면 나에게도 큰도움이 될 것이라는 말도 덧붙였다.

그분이 나를 만나기 위해서 지리산에서 꼭 기다리고 계실 것만 같았다. 지리산으로 당장 달려가고 싶었다. 그분을 만나서 미래를 알고 싶었다. 오늘은 너무 늦었으니 여관에서 하룻밤 자고 내일 일찍 떠나라고 하면서 그들은 쪽지에다 자세히 약도를 그려주었다. 그리고 십만 원을 여비로 쓰라며 내 손에 쥐어주었다.

"인연이 있으면 또 만나세."

그들은 자리에서 일어섰다. 세상에 이런 분들이 또 있을까?

"선생님 함자라도 알려주십시오."

"무슨 함자. 그냥 다시는 자살일랑 생각 말고 용기 있게 열심히 살게."

"연락처라도…"

"언제 내가 지리산에 꼭 한번 가겠네. 그때 보지 뭐."

이렇게 말하며 그들은 끝내 자신들의 신분을 밝히지 나는 지리산으로 가기 위해 누나에게 부탁해 백만 원을 받았다. 국제시장에 가서산으로 갈 준비를 했다. 아직 삼월 초라 산은 무척 추울 것 같았다. 두꺼운 파카 점퍼를 한 벌 사고는 속옷, 내복, 배낭, 생활용품 등을 한아름 장만했다. 내 마음은 벌써 지리산으로 달려가고 있었다. 지리산 중산리행 버스에 몸을 실었다.

차가 중산리에 도착했다.
점심을 걸러 배가 몹시 고팠지만 빨리 수도승을 뵙고픈 심정에 약도를 펼쳐 들고 헤매기 시작했다. 천신만고 끝에 조그만 토굴을 발견했다. 흥분과 기대감이 온몸에 퍼져갔다.

"계십니까?"

말이 끝나자마자 토굴 안에서 칠순쯤 되어 보이는 할아버지가 나왔다. 토굴 안에서는 무슨 구수한 냄새가 나고 있었다. 나도 급하게 공손한 자세로 예를 갖추며 말했다.

"처음 뵙겠습니다. 말씀 좀 드릴게…"

내 말이 끝나기도 전에 그는 대뜸,

"점심 먹자."

그는 내 말도 채 다 듣지 않고 자리를 내주며 음식을 주었다.
수제비였다. 마치 내 속을 훤히 읽고 있는 듯했다. 점심을 거르고 산을 오른 때문인지 아니면 뵙고자 했던 수도승을 만났다는 안도감

때문인지 수제비 맛이 기가 막혔다. 허겁지겁 배를 채운 다음 내 이
야기를 했다. 그렇게 지리산에서 스승님을 만났다.

"스님, 부산에서 스님의 소식을 접하게 되었습니다. 앞으로 제 인
생의 미래가 궁금하기도 하고 스님의 제자가 되어 공부를 하고 싶습
니다."

스님은 내 얼굴을 보더니
"쯧쯧, 되는 일이 없어. 심신이 많이 지쳐있구면."

이곳은 춥고 가르쳐 줄 것도 없으니 수제비나 마저 먹고 그냥 내
려가라고 했다. 조금 더 있으면 날이 어두워지니 서둘러서 내려가라
고 했다. 나는 스님에게 머리를 조아리며 간청했다.

"스님, 저는 지금 몸도 아프고 갈 곳도 없으니 며칠만이라도 묵었
다가 가게 해주십시오."

나의 거듭된 간청이 딱했던지 스님은 그렇다면 며칠만 쉬었다가
내려가라고 허락했다. 나는 그렇게 지리산에서 스승님을 만났다.

지리산에서 나의 스승이신(청송 선사님)을 만나 효학문을 이해하
고,나의 아버님 산소 그리고 주위에 공원묘지에 실험해보고, 원효대
사의 신비의 비법을 전수 받은 후, 집안을 천도하고 지금까지 필사

적으로 발복 기도를 하고 있습니다.

나의 아들과 조카는 박사와 의사가 되었습니다.

천도가 끝나고 머리가 맑아지고 몸과 마음이 활기가 돌기 시작했습니다. 그렇게 꼬이기만 하던 일들이 풀리기 시작하고, 전에는 별별 용트림을 해도 되지 않던 일이 순탄하게 성사되고 속가의 아들은 중학교, 예고, 중대 석사, 고대 박사를 졸업하고, (예능계)선생 교수로서 학생들을 가르치고 후진을 양성하고 있습니다.

고등학교 2학년까지 국가 대표 유도선수가 되기 위하여 노력하던 형님의 자녀(조카)는 운동을 그만두고 단 6개월 노력하더니 의대 가는 수능 점수가 나와 지금은 박사 공부하면서 신경외과 종합병원 의사로서 사회에 봉사하고 있습니다.

저의 아들과 조카는 집안 형편이 어려워 본인들이 아르바이트하면서 노력했고, 어려움이 있을 때는 누군가 귀인이 나타나서 도와주고… 이러한 현상은 효학문을 연구하는 나 자신도 이해가 잘 안 됩니다. 참 신기합니다. 모든 분은 당신의 자녀를 훌륭하게 만들고 싶다면 제일 먼저 조상님부터 점검하시고 노력해보세요. 잘 될 겁니다. 자신합니다.

대사님.
그러면 어떻게 대사님께서 천도하시나요?

제일 먼저 세계 어디에 있으나 학생의 사진, 이름, 그리고 어디에 사는지 주소, 사는 주소의 집 거실이나 방 사진을 찍어서 나에게 보내주면, 그 학생 사진을 보고 제일 먼저 5대조까지 천도하고 원귀를 천도하고 살고 집터를 천도하고 계속하여 발복 기도를 합니다. 그러면 그 학생은 머리가 맑아지고 암기가 잘 되고 성적이 올라가게 되어 있습니다.

이게 전부입니다.

자녀만이 아니라 건강(불치병 선거 주식 등)도 똑같이 적응됩니다.

1350년 즉 천년의 역사를 지닌 원효대사의 신비록이 이름 그대로 경지의 비서이듯, 저도 이에 의거한 천도재와 발복 기도는 오류가 없습니다. 믿고 구하는 분들에게 나의 비법을 보여드리겠습니다.

자녀를 유명 명문대에 입학시키고, 으뜸가는 유명 인사로 만들어 집안을 부흥시키기를 원하는 모든 부모님에게 큰 복이 임 하시길을 축원합니다.

-일파 합장

꼭 읽어 보세요. 당신 자녀의 운명이 좋은 쪽으로 바뀝니다.

원효대사 때부터 사대부, 명문가 집안으로
전해오는 비법 공개!

명품
자녀만들기

글 | 일파 합장

장관, 대기업 회장, 국회의원, 판·검사, 세계적인 예술인, 과학자 등이
배출되는 집안의 후손은 그냥 되는 것이 아니다.
후손들이 잘 되고 성공하는 데는 반드시 그만한 이유와 원인이 있다.
신라시대 원효대사 때부터 사대부 집안으로 극비로 전해져오는
그 비법을 이 책을 통해 시원한 해답을 경험하기 바란다.

청어

8.

김건희 여사님!
이것만은 하셔야 합니다

대사님.

전장에 서술한 것처럼 대사님은

노무현 대통령 당선

박근혜 대통령 탄핵 및 구속

이재용 삼성 부회장 구속

주식 대박

명품 자녀 만들기

등의 많은 예언과 IMF 안개 정국 대혼란 속에서도 주식 대박을 이루어내셨습니다. 효학문의 실천 즉 부모님(조상님)을 잘 섬기는 것(천도 포함)이 명품 자녀 만들기의 골간이라 하셨고요. 모두가 잘 이해가 됩니다.

대사님.

마지막으로 한 번 더 여쭈겠습니다.

이번에 김건희 여사님이 대사님의 예언과 뜻대로 영부인이 되셨습니다. 대사님께서는 이를 위해 많은 기도를 하신 것을 알고 있습니다.

혹시 그분에게 바라는 것은 없으신지요?

건의 드릴 말씀이나 부탁드릴 것은 없으십니까?

일파대사는 빙그레 웃는다.

선사님이 아시는 대로 내가 그동안 해온 일들 즉 국내 해외를 돌며 수행 중 천도, 발복기도 치료, 기타 봉사 활동을 영리적 목적으로 했다면 지금쯤 서울 테헤란로에 있는 큰 빌딩 10채 정도는 가졌을 겁니다.

혹간의 말대로 한 종파의 교주나 대사찰의 주지가 되어 세상 부럽지 않게 편안히 살고 있을 겁니다. 그러나 나는 킬링필드의 현장인 캄보디아 파일린에서 억울하게 죽어간 수백만의 혼령(영가)을 위해 기도하고 있는 지금처럼 나를 위해 살지 않았다는 것을 모두가 압니다.
몇 가지 소재를 담아 말씀드릴까 합니다.

①효학문 전파
②천도 발복기도(전국 강산 곳곳에 떠도는 영가 혼령들을 위해)
③천도를 위해 혼탁하게 하는 가짜 천도 퇴치
④낙태 유산 절대 반대
⑤새영별을 위한 천도와 발복기도

첫째로 효학문을 통해 온전한 인성교육과 좋은 품성 유지, 효학문 교육을 통한 부모님(조상님) 잘 모시기.

예나 지금이나 변함없는 어른 공경하기, 나의 소원 중 하나가 바로 효 학문 전파입니다. 홍익인간 배달 단군 시절부터 으뜸으로 여겼던 효는 1350년 전 원효대사를 통해 모든 사상의 중심으로 집약됩니다.

원효대사의 뜻을 따르는 수행자(스님, 학자, 선생)라면 그분의 가르침의 근간인 효를 으뜸으로 칠 수밖에 없습니다.

그러기에 우리는 예로부터 동방예의지국이라는 칭송을 받아왔습니다. 그러나 지금은 어떻습니까?
누구나 염려할 정도로 사방(가정, 학교, 사회 등)에 효가 바닥나고 있지 않습니까?

젊은이들은 사랑을 나누어도 아이를 갖지 않으려고 합니다.
키우기 힘들고 귀찮으니까요. 다만 자기들의 유익과 낙을 위해 살아가는 사람들이 대다수입니다. 나를 낳으시고 기르신 부모님을 조금이라도 생각한다면 있을 수 없는 일이지요.

허리띠를 조이며 나를 키우고 가르치신(공부) 부모님을 생각한다면 말입니다. 실제로 우리 주위에는 자식을 대학, 유학 보내고 좋은 직장을 가지고 일할 수 있도록 하기 위해 때론 식당 잡일, 청소부, 아파트 경비원, 길거리 밤거리를 다니며 휴지통을 줍기 등 자식을 위해서라면 기러기 아빠 엄마가 되는 것을 마다하지 않고 희생을 다하는 분들이 부지기수입니다. 새벽마다 신문을 돌리고 우유를 배달하고 비나 눈이 오는 날에도 쉬지 않고 장사(노점)를 하는 분들 거의 다가 자식들을 위한 헌신의 현실입니다.

이러한 부모님들을 때론 무시하다시피 하는 요즘 젊은 세대들을

보면, 이 나라가 앞으로 어떻게 되려나… 걱정이 앞섭니다. 이 모두
가 효의 부재에서 오는 심각한 문제입니다.

부모님(조상님)을 잘 섬기지 못하고 어떻게 복을 받으려고 하는지
알다가도 모를 일이 된 것이 오늘의 현상입니다. 그래서 저는 이 시
간도 천도는 부모님(조상님)께 효도하는 것이라고 말하고 싶습니다.

나를 기르시고 가르치시기 위해 인생의 모든 것을 포기하시고 희
생하신 부모님(조상님)을 어떻게 경홀히 할 수 있겠습니까?

정말로 효학문의 가르침은 절대적입니다.

이를 소홀히 하면 당신도 언제 요양원에 들어갈 줄 모릅니다. 멀
쩡하던 분, 멀쩡한 가정, 멀쩡한 자식을 두었음에도 요양원에서 외
로움과 고독 속에 지내는 분들이 한둘입니까?

일제강점기와 6·25전쟁의 혹한 속에서도 지극정성으로 효도하며
이웃 어른들을 모신 따뜻하고 정 많던 우리 어린 시절 정경이 이제
는 꿈속의 일만 같습니다.

이제라도 효학문 전파하기 운동을 가정, 사회, 학교를 넘어 국가
적으로, 필연적으로 해야만 할 거국적 프로젝트입니다.

지금도 이 순간에도 자식들과 함께 다정다감한 이야기를 나무며
손자·손녀의 재롱 속에 지내야 할 많은 부모님이 요양원에서 지쳐있
는 모습을 생각하면 눈물이 절로 납니다.

천도 발복기도

전국강산에는 많은 영가가 있습니다.

일제강점기에 독립투사들인 만주의 독립군들, 연해주의 독립군, 일본에 있는 귀 무덤, 6·25 참전용사들, 4·19의거 요원, 5·18 광주 망월동, 국립현충원 서울 동작구 국립묘지, 대전 현충원 등 전국 각지에 있는 호국영령들을 천도하여 모든 분이 좋은 곳으로 가시게 해야 합니다.

이분들로 인해 이 나라가 지켜지고 오늘날 번영된 선진국의 초석이 되었습니다. 그래서 이분들의 천도는 하루빨리 해야 할 시급한 일입니다.

대한민국 사건 사고, 이 시대의 진짜 천도!

가짜 천도

앞서가긴 조상님을 천도하는 역사적인 일에 앞서 주의할 것은 술사들에 의한 가짜 천도입니다. 조상님들이 어디로 가셨는지 못 가셨는지도 모른 채 자신들의 유익만을 위하여 수단 방법을 가리지 않고 함량 미달 거짓 술사들의 굿, 푸닥거리, 산신제, 천도재로 인한 피해가 말할 수 없습니다.

옥석을 가리지 않고 이들을 퇴치해야만 진정한 천도를 올릴 수 있습니다. 선량한 시민들이 속수무책으로 당하기만 하는 것도 거짓 술사(수행자)들의 기승 때문입니다.

낙태와 유산 결사반대

낙태는 국가 살인 면허입니다.

법을 바꿔서라도 낙태를 막아야 합니다. 생명은 하늘로부터 온 고귀한 것으로서 하늘의 생기로 잉태된 새 생명이 꽃을 피우지 못하고 타의에 의해 죽임을 당하는 것은 있을 수 없는 일입니다. 어떻게 사람이(부모, 의사) 새 생명을 함부로 처리(죽임)할 수 있습니까?

효학문연구소 일파스님, 대한민국에는 가짜 천도재가 판을 친다

상식적으로 볼 때도 천인 분노할 일입니다.

부모와 의사들의 손에 죽어간 숱한 어린 영혼들의 영가가 온 땅을 떠돌고 있습니다. 그 피해와 화는 이루 말할 수 없습니다.

부모와 의사뿐 아니라 나와 모두가 큰 화를 당합니다. 그러잖아도 인구절벽인 나라에서 낙태까지 공인되어 계속된다면 그 책임은 누가 지겠습니까?

모두 생명 존중을 말하는데, 낙태가 합법적으로 시행되는 한, 생명 존중은 공염불에 불과합니다. 천문학적인 예산을 들여 출산 장려와 육아 복지정책을 쓰고 있는데 낙태 합법이라니 말이 되는 소리입니까? 뜻있는 사람이라면 낙태 결사반대를 할 수밖에 없음을 다시금 말씀드립니다.

유산과 낙태, 그 후 진실 정리… 당신과 가족이 위험하다!

새영별이신 김건희 여사님을 위한 천도와 발복기도

마지막으로 김건희 여사님과 인연이 된다면 김건희 여사님과 윤석열 대통령님을 위한 천도를 해드리고 싶습니다. 양쪽 집안 5대조 조상까지 천도와 발복 기도를 해드림으로 5년 임기와 무사태평과 조국 번영, 복되고 명예로운 퇴임이 될 수 있도록 나의 모든 것을 다해 기도(천도 발복)해 드리고 싶습니다.

별하늘에서 보내신 하늘의 별 새영별을 위해서 말입니다.

구름이 걷힐 때 별은 빛나고, 구름이 걷힐 때 달빛은 더욱 빛나듯 모든 구름을 걷어 드리고 싶습니다. 그래서 조국 대한민국을 위해

한민족의 대역사를 위해

대한의 별

민족의 별로

찬란한 광채를 내는 새영별이 되도록 노력하겠습니다.

-일파합장-

김건희 여사님 청와대의 영빈관을 이전하는 것이 아니라 청와대와 국회의사당 터를 천도해야 합니다. 김건희 여사님, 이것만은 하셔야 합니다. 소승의 의견입니다.

효학문연구소, 제20대 대통령 당선자에게 건의합니다.

9.

박근혜 전 대통령님!
한번 만나고 싶습니다

1995년 지리산 중산리.

청송선사님으로부터 비법을 전수받고 깨달을 영혼철학과 천도비법과 함께 시작한 박근혜 전 대통령과 그의 집안, 이재용(이건희) 삼성 부회장과 그의 집안, 미국의 존 F. 케네디와 그의 집안 기도를 위한 연구가 시작된 지 20년 이상이 지났다.

십 년이면 강산이 변한다는 인생 10년 고개를 두 번이나 넘고 세번째 고개를 넘어 내려오는 중 벌써 세월이 이렇게 흘렀다. 기도와 함께 수행에 빠져 만행 중이다 보니 세월의 흐름을 몰랐다. 20년이 넘도록.

◇국모의 육영수 여사님은 왜 총탄에 맞았을까?

◇박정희 대통령령은 왜 심복인 중정부장에게 화를 당했을까?

◇외아들인 동생 박지만은 왜 두 번씩이나 구속수감 되었을까?

◇박근혜 전 대통령은 임기 중 탄핵당하여 청와대가 아닌 감옥에서 생활하게 되었을까?

효학문연구소 일파스님, 박근혜 대통령께서 풀어야 할…

나는 이 큰 불행 등을 막고자 약 25년 동안 분명하게 일본에서도, 미국에서도 사태의 심각성을 알렸다. 보낸 편지만도 삼십 통이 넘는다. 그러나 인의 장막에 막혀 이 모든 수고는 물거품이 되었을 뿐이다.

자정이 넘은 한밤중 동네 대궐 같은 집에 불이 났다.

기도 중 큰불을 본 수행자가 불이야 소리를 지르는 것은 당연한 일이 아닌가. 불난 소리를 큰소리로 알려야 집안 사람들이 피해야 생명을 구할 수 있고, 불이 옆집 사방으로 옮길 것을 막을 수 있기 때문이다.

영혼들의 영계를 보고 천도를 알고 앞일을 보는 나로서는 닥치는 화를 피하고자 불이야 큰소리로 알릴 뿐이다. 소리를 듣는 사람들에게는 화를 피함은 물론 천도 발복 해줌으로 오히려 복을 받게 된다.

그러나 대부분의 사람은 영계는 보이지 않고 화를 닥치지 않았으므로 나의 이 큰 소리를 외면한다. 오히려 멀쩡한 내가 왜 죽어 잘나가고 있는 우리 집안에 화가 닥친다니 미친 소리라 취급한다. 심하게 화를 내기도 한다.

그런데도 이 시간까지 박근혜 전 대통령과 그 집안을 위해 계속 기도하는 것은 양부님의 비운과 죽음, 본인의 탄핵과 구속, 형제간의 불화 등 집안에 끊이지 않는 재앙의 원이 무엇인지 그리고 지극한 불행의 화를 막고 잘 나가는 복된 집안으로 만들고자 함이다.

그러나 내가 아무리 애를 써도 콘크리트 같은 인의 철벽으로 만날 수 없으니 안타깝기 그지없다. 동작동 국립묘지 박정희 대통령의 묘소, 육영재단 옥천에 육영수 여사의 생가 등 관련된 곳을 25년을 만행하며 문을 두드린들 무슨 소용이 있겠는가?

만약 지금이라도 인연이 된다면, 두 부모님과 5대조 조상까지 점검해서 좋은 곳으로 가시게 하고 소승이 발복기도 해드림으로 박근혜 전 대통령을 비롯한 모든 형제가 건강하고 평안 화목하게 사실 수 있도록, 다시는 화가 미치지 못하도록 복되고 복된 집안이 되도록 최선을 다해 염원할 수 있도록 한번 뵙기를 바랄 뿐이다.

효학문 전파와 천도 발복 기도를 통해 화를 막고 복을 받게 하는 것이 내 이승에서의 수행 목적이 아닌가?

박근혜 전 대통령과 그분의 집안을 위해 이재용 삼성 부회장과 그분의 집안을 위해 20년 이상을 기도해 왔기에 나의 믿음은 더욱 뜨겁기만하다.

세속의 영화를 떠나 산속에서 모진 고난과 역경 시련을 이기며 수도한 나의 수행 목적을 다시금 목에 삼킨다. 하늘의 별이 유난히도 밝은 영롱한 밤이다.

그래 누가 뭐라 해도 계속 기도하리라. 나의 기도 주제인

◇박근혜 전 대통령과 그분의 집안을 위해
◇한국 경제의 거목이 된 삼성과 이재용 부회장을 위해
◇새영별이신 김건희 여사님을 위해
◇대한민국 국운 상승을 위해

-일파대사-

10.

삼성 이재용 부회장님
– 불행 끝 행복 시작

일파대사님.

대사님의 저서를 읽고 유튜브를 보았습니다.

삼성에 대한 비관, 비판적인 모습으로 비치는데 혹시 무슨 불편이나 원망이 있으십니까?

전혀 없습니다.

한국 제일의 기업이요, 세계적인 대기업인 삼성이 잘되어야 나라 경제도 잘되고 세계 경제에도 도움이 되는 터에 국민 누구인들 삼성이 잘 되는 것을 막겠습니까?

그렇지요. 선사인 제가 알기에도 대사님은 지리산(중산리) 수행 중 스승님(청송선사)으로부터 원효대사의 효학문과 천도비법을 배우면서 박근혜 대통령과 케네디가와 함께 삼성을 위해 적극적으로 기도하시며 특별한 관심을 가지고 계신 것을 알고 있습니다.

그래도 이재용 부회장님이 모시고 있는 고 이병철 회장님이 좋은 곳으로 가지 못하고 원귀가 되어 구천을 떠도는 비참한 모습이라든가, 미국에서부터까지 이재용 부회장이 구속될 것을 말씀하심은 지나친 것 아닙니까?

하필이면 그때가 삼성이 잘 나갈 때인데, 이재용 부회장은 일에 파묻혀 신나게 일하실 때 누가 봐도 불길한 예언을 하셨으니 누군들 좋아할 수 있겠습니까?

거기다가 대사님은 이건희 전 회장님의 건강 악화와 미국 마약 관련 사건 내부 고발자에 의한 비자금 폭로사건, 삼성가의 정OO과 고현정의 이혼, 딸 자살 사건, 아들의 이혼, 탈세, 납세 회피를 위한 여러 형태의 세금 사건 등 예민한 부분까지 언급하셨는데… 그런 문제를 제기함은 문제를 풀기 위해서였습니까?

위에 열거한 문제들 외에 앞으로 도래될 문제에 대해 미리 알고 있는 나로서는 화를 막아야 함이 당연한 일 아닙니까?

알면서도 하지 않는 것도 죄(위선)입니다. 문제만 제기하면 불량배와 똑같은 짓이지요. 겁주고 돈을 뜯어내는 불량배들 말입니다. 본론적으로 말씀드리면 이재용 부회장은 큰 짐(액운)을 지고 있습니다. 위에 말한 부분이나 이재용 부회장의 반복(2번)된 구속수감 등 본인의 잘못이나 실수라기보다도 부모님(조상님)였던 영가의 영향이 있기 때문입니다.

저는 삼성의 사운을 걸고 뛰어든 반도체에 특별한 관심이 있어 미국 모하비사막, UFO 연구소가 있는 52구역까지 다녀왔습니다(서울대 교수 이OO 박사, 카이스트 박OO 교수). 벨 연구소의 반도체 스파이 사건으로 자살로 희생된 영혼들, 이분들을 부모님(조상님)과 함께 천도하지 않고는 이재용 부회장을 비롯한 삼성가와 이로 인한 삼성그룹의 불운은 막을 수가 없습니다.

이들만 천도한다면, 많은 복을 안고 태어난 이재용 부회장과 삼성가는 화가 변하여 복이 되므로 그로 인해 지금보다 더 큰 번영을 누리게 될 것입니다. 특히 이 부회장에게는 천운이라 할 수가 있는 새영별 되신 여사의 인연(적극적인 후원)으로 인해 정말로 새영별처럼 빛나는 눈부신 발전을 하게 됩니다. 그것도 비약적으로….

이 부회장은 이를 반드시 명심해야 할 것입니다.
또다시 관재에 시달리고 감방살이하는 신세가 되어야 하겠습니까?
한 번 간 사람이 두 번은 못 가고, 두 번 간 사람이 세 번인들 못 가겠습니까? 한국에 내로라하는 인재들이 삼성에 얼마나 많은데. 본인뿐 아니라 집안을 위해서도 삼성그룹이라는 이 나라의 대들보 기업을 위해서도 불행 끝, 행복 시작이 되어야 합니다.

삼성은 서울대 재료공학과 이 교수의 산업 스파이 행위로…

선사님 생각해보세요.
삼성, 현대, LG, SK, 한화 등과 같은 대기업이 있기에 우리 대한민국이 선진국으로서 세계 10대 경제 대국이 되지 않았습니까?
대륙이 있으면서도 허리가 잘려(휴전선) 외딴 섬 같이 고립된 절대

자원 부족의 나라. 세계 4강국의 견제와 질시를 받으면서도 수출주 도형의 경제 대국의 나라가 되기까지에는 삼성 같은 대기업들의 눈 물겨운 피땀과 수고와 희생이 있었기에 가능했습니다.

물론 정부의 적극적인 지원과 식구(회사원)들의 배고픈 희생이 따르긴 했지만. 만약 삼성과 같은 대기업이 멈춘다면 수십 수백만 명의 우리 젊은이를 비롯한 많은 식구(회사. 종업원들)는 어디로 가야 하겠습니까?

내가 지리산 수행 중인 20년 전부터 박근혜 전 대통령과 케네디가에 각별한 관심을 두고 또한 삼성을 위해 심도 있게 기도하는 이유입니다.

현세 오늘날의 모든 문제와 중점은 경제 아닙니까?
경제의 핵심으로 기관 역할을 다하고 삼성과 같은 우리 대기업들을 위해 기도(생각)하지 않는다면 진정한 한국인(종교인)이라 할 수 없습니다. 삼성 같은 대기업들이 번성 번영해야 우리 자녀들이 마음 놓고 일할 수 있는 것 아닙니까?

그래서 나는 이 시간에도 이재용 부회장과 삼성가가 지금까지 이어온 액운의 화를 떨치고 기업에만 전념할 수 있도록 기도하고 있습니다. 이 땅의 국민(동족)으로서 특히 앞을 볼 줄 알고(예언 예지) 원효대사로부터 전래 전승된 신비록의 천도비법을 받은 후계자로서는 더할 나위 없는 일입니다.

이 일 때문에 국내는 물론 동분서주하며 뛰어다니고 삼성 직원 특히 수위 경비들의 문전박대 비웃음을 받으며 100여 통이 넘는 편지 등이 이제는 주마등처럼 지나갈 뿐입니다. 20년을 해 왔는데 앞으로인들 못 하겠습니까?

삼성에는 참으로 귀한 분들이 많이 있습니다. 지면상 한 분만 소개하겠습니다. 이분으로 인해 내가 이역만리 캄보디아까지 날아와 이재용 부회장과 삼성가 삼성그룹을 위해 계속하여 기도할 수 있기 때문입니다.

삼성 에스원 양기순 수원 소장

약 8년 전부터 여의도에서 인연이 된 삼성 에스원 양기순씨. 나는 이분을 참 좋아합니다. 아니 누구라도 이분을 알면 좋아할 수밖에 없습니다. 내가 캄보디아 킬링필드 원혼들을 위한. 천도를 위한 수행을 떠남을 알고는 자신의 모든 것을 아낌없이 내놓으신 분입니다.

그리고 항상 하는 말이 있는데. 그것도 간절한 부탁으로 우리 이재용 부회장님을 꼭 부탁드립니다. 부회장이 구속되고 또 구속될 것을 예언으로 대사님에게 듣고도 믿지 않았습니다. 믿으면서도 믿지 않았다면 이해하시겠습니까?

대사님의 예언인 천도비법이 틀림없다는 것을 굳게 믿으면서도 우리 이재용 부회장만은 이 재앙이 피해가기를 소원했기에 믿지 않았다고 말하는 것입니다. 그러나, 대사님의 예언대로 이 부회장님이 구속되었을 때, 예언의 정확성에 다시금 놀라면서도 부회장님을 위해 한참 울었습니다.

이런 친구입니다. 나는 국내는 물론이고 동서양의 수많은 사람을 만난 사람입니다. 그중에 양기순 소장처럼 회사 일을 내 일처럼, 사주의 건강과 행복을 자신의 문제로까지 여기며 이를 위해 발복기도를 해달라고 헌신하는 사람은 그가 처음입니다. 어제도 전화가 왔습니다. 지난 8년간을 그래왔습니다.

대사님의 천도와 발복 기도로 제가 은혜를 입은 것처럼 우리 삼성 이재용 부회장님을 위해서도 꼭 기도해 주십시오.

애원하는 양 소장의 모습이 이제는 밀레의 그림 '저녁종'처럼 경건하기만 합니다. 그런데 이 친구에게는 문제가 있습니다. 성격이 너무 온순하고 올곧은 나머지 성실하게 일할 줄밖에 모릅니다. 명절이나 특별한 날이면 상사분들에게 인사라도 해야 하는데, 이 친구는 오직 일(근무 충실)밖에 모르기에 인사를 모릅니다.

그래서 저번에도 지붕에서 물이 샜다는 일로 그룹장에게 시달림을 받는 등 별일 없는 일에 어려움을 겪어도 변명은커녕 속으로만 아파하는 친구입니다. 만약 내가 회사를 차린다면 제일 먼저 스카우트하고 싶을 정도로 욕심나는 친구입니다.

한국에 귀국하면 제일 먼저 양 소장을 만나 따뜻한 밥 한 끼라도 대접하고 싶을 정도로 생각나는 사람입니다. 양 소장, 많이 사랑합니다. 나의 영적 학문으로는 양 소장의 덕택으로 삼성은 이제는 불행 끝 행복 시작입니다.

기적의 삼성

지금도 잊지 못합니다.
그리고 해외에 나가서도 늘 자랑하는 일이 있습니다. 삼성이 대포 한 방 쏘지 않고도 세계에서 제일 큰 불침 항모를 격침 시켰다고. 그렇게 말하면 모두 눈이 휘둥그레합니다. 세계 제일의 항모는 미국에 있고 삼성은 군대가 아닌데.

나는 설명합니다.
한때 일본은 전자제품 최고의 나라였습니다. 미국을 비롯한 모든 선진국 세계의 돈을 크기가 한이 없는 큰 자루에 다발 채 쓸어 담았습니다. 가난했던 우리의 피 같은 돈도 시간도 잊은 채 빨려간 것도 사실입니다.
세계의 그 어느 나라에서도 일본의 이 기세를 막을 수 없었습니다. 이 때문인지 당시의 일본 총리는 어느 사람도 건들 수 없는 불침항모라고 공개적으로 말할 정도로 기염을 통했습니다.

그런데 지금 어떠합니까?

선진국 선두 주자 중 하나였던 일본말입니다.

반도체(메모리)와 가전제품 등 모든 부분에서 일본은 이제 따라오기는커녕 넋을 잃고 한국을 쳐다보기만 하는 신세가 되었습니다. 휴대폰은 물론 TV, 냉장고, 에어컨 기타 많은 부분에서 일본은 한국(삼성)에 밀려난 지 오래입니다. 전 세계적으로 모든 전자제품 및 기계장치의 핵심인 반도체(메모리)에서 일본은 한국(삼성)에 엎드려 절을 해서라도 한 수 가르쳐 주십시오 빌어야 할 형편이 되었습니다.

조센징이라고 그렇게 깔보고 무시하며 영원히 가난뱅이 나라라고 업신여겼는데⋯ 삼성이 그걸 해낸 것입니다. 그 사연을 적는다면, 일일이 적는다면 밤이 새도록 몇 날 며칠을 써도 시간이 부족합니다.

그래서 나는 삼성은 우리의 긍지요, 자랑이라고 큰소리칩니다. 기적보다 더 큰 일을 이룬 삼성을 나는 심히 좋아합니다. 사랑합니다. 그리고 자랑합니다. 삼성을 비롯한 우리의 모든 기업이 더욱 힘차게 달려 이 큰 위업, 놀랍고 놀라운 역사를 계속하여 꽃피우라고 기도합니다.

삼성은 모든 잠재력을 가지고 있는 기업입니다.

그 잠재력의 능력을 충분히 보임에 일본이라는 거함 불침항모를 격침했습니다. 앞으로도 더욱 크게 흥왕할 가치가 있는 놀라운 기업입니다. 그러기에 나는 새영별이신 김건희 여사와의 인연이 됨을 감히 말씀드릴 수 있었습니다. 이 말이 글로서도 그렇게 보통 힘든 말이 아님을 능히 짐작할 수 있을 겁니다.

삼성그룹 이재용님, 저와 만나야 합니다. 그러면 당신은…

새영별(김건희 여사)과 삼성의 만남. 이로 인한 삼성의 대약진과 대번영!

앞날을 미리 보는 예지력(예언)이 없이는 누구도 함부로 얘기할 수 없는 천기누설에 버금가는 중요한 말입니다. 삼성가를 위해 20년 이상을 기도해 온 사람으로 삼성의 꿈을 함께 꿈꾸는 나이기에 가능하지 않겠습니까?

브라보 삼성 에스원 소장 양기순
브라보 이재용 부회장님

브라보 삼성가와 삼성그룹!
따르릉
삼성폰 벨소리가
상큼하게 들린다
새 영 별
찬란한 별처럼

-일파대사-

11.

신은 인간에게
불행을 주지 않는다

대사님.

정말 잘 들었습니다. 이해가 됩니다. 유튜브 동영상을 통해 대사님의 모든 동영상을 통해 대사님의 모든 말씀이 더 사실적임을 알았습니다. 그런데 대사님. 많은 사람이 무당집이나 철학관 절에 가면 삼재가 올해 들어 왔다 하는데 도대체 믿어야 합니까? 믿지 말아야 합니까? 궁금한 게 많으니 이 부분을 상세하게 설명해 주세요.

선사님 내가 이제 목이 아픕니다. 그만하시죠. 삼재라는 말만 나오면 나는 머리가 아픕니다. 아니 터질 지경입니다. 왜 오늘날 우리 대한민국이 이렇게 되었습니까? 역학을 조금 배운 철학관. 당사주 조금 안다는 무속인들. 수행은 하지 않고 물질(돈맛)에 취한 수행자들… 이들은 한결같이 땡감 떨어지듯 쓴맛을 내는 가짜들이 많습니다.

승복만 입었지. 속은 땡중인 스님들이 얼마나 많습니까?

가짜가 진짜처럼 행사하기에 진짜는 오히려 매(모함. 술수. 비방)를 피해 숨어야 할 지경에 이르는 세상이 되었습니다. 오죽하면 제가 저의 비법들을 한국. 미국. 일본에서까지 실험해보라고 소리쳤겠습니까?

선사님 유튜브 동영상을 꼭 보십시오.

모든 내용이 거기에 다 있습니다. 삼재 말만 나와도 내가 토할 것만 같고 말을 하고 싶지 않기 때문입니다.

선사님 앞에서 저속한 표현을 써서 죄송합니다.

그만큼 나는 삼재라는 말만 나오면 괴로워 미칠 지경입니다. 너무나 많은 분이 삼재에 속아 자신도 모르는 큰 손해와 화를 입고 있기 때문입니다. 천도비법을 아는 나로서는 참을 수 없는 일 아닙니까?

송구스럽습니다. 말씀을 들으니 얼른 수긍이 됩니다. 대사님이 그토록 큰 트라우마가 있는 줄 몰랐습니다. 대사님이 말씀하신 유튜브 동영상을 잘 보았습니다. 삼재라는 말만 나와도 괴로워하는 대사님의 심정을 이해할 만합니다.

대사님 그러면 우리는 어떻게 해야 합니까?

삼재란 없다! 삼재는 만들어 낸 허위일뿐!

예. 우리 모두가 몰랐기 때문에 속았습니다.

알면 속지 않습니다. 선사님. 제가 결론을 지어 드릴게요. 이제 그만 합시다.

대통령이 되고 싶다. 시장 도지사 군수가 되고 싶다. 기업의 총수가 되고 싶다. 자손이 고시에 합격하기를 원한다. 자식을 국내 외 명문대에 보내고 싶다. 연예인 등 유명인이 되고 싶다와 같은 간절한 소망(염원)을 가지신 분들을 돕고자 합니다.

　신은 결코 우리에게 불행한 운명을 주지 않습니다.
　절대자이신 그분은 그저 우리를 변함없이 도와주고 계실 뿐입니다. 인간의 운명은 천신, 지신, 조상신과 후손의 기가 어우러져 만들어집니다. 살아생전 부모님에 대한 효성을 사후에도 이어지는 것이 효 학문이요, 영혼의 안식을 빌며 음덕을 쌓는 것이 천도와 발복 기도입니다.

개가천선, 무당금파 속는 자가 병신이다.

　지금까지 우리 선조들은 살아계신 분들에 대한 효와 효성을 돌아가신 영혼(조상님)에까지 정성껏 섬기기를 다 하였고, 조상님의 영혼을 평안히 모시고자 영혼 천도재 49제, 번제를 비롯한 많은 연례(제사)를 행하였으며, 집마다 사당을 두어 조상에 대한 예를 다 하였습니다.
　이것은 눈에 보이지 않는 조상의 기가 후손의 운명에 결정적인 영향을 끼친다는 믿음에서 비롯된 것입니다. 후손들에게 부모님을 섬기듯 언제나 받들고 섬기며 베푸는 마음으로 삶을 살아야 한다는 가르침으로 계승되었습니다.

나는 오늘날 서구 문명 문화가 범람하고 다양한 형태의 사상과 종교가 갑론을박하는 사회에서 인간 행복의 기본원리인 효 사상과 영혼 철학이 간과되고 사라져 가는 것에 통탄을 금할 수 없습니다.

그 아름답고 복 된 우리 한민족 특유의 미풍양속 전통이 소리소문 없이 눈이 녹듯 사라지고 있으니 어찌나 가슴 아픈지. 물질적(자본) 풍요와 개인의 영달을 꾀하는 것이 나쁜 일은 아닙니다. 사람의 행복은 육신의 안락과 물질의 풍요로 시작되기 때문입니다.

배고픈 소크라테스보다 배부른 소크라테스가 낫지 않습니까?

내 인생의 행복을 빌고, 그 행복을 추구하며 사는 우리 모두는 이제 그 기본을 다시 다져야 할 때입니다.

나에게 직접적인 영향을 미치는 5대조까지의 조상신의 안위를 살피고, 구천을 떠도는 수많은 원귀 영가 중 내게 찾아온 영혼을 평안하게 모시어 효의 마음으로 가족과 이웃을 사랑해야 합니다.

당부하건대 여러분 스스로 영혼의 안부를 알아보고 확인 실험해 보시기 바랍니다. 묘지 집터 지방(신위)이든 마찬가지입니다.

그리고 좋은 곳으로 못 가시고 구천을 떠돈다면 반드시 영혼을 천도하고 편한 곳으로 모시고 그 기운이 바뀌었는지 확인해 보시기 바랍니다. 운명은 그 기의 변화에서 시작됩니다. 또한 나 자신의 안녕과 유익만을 생각하지 말고 가난하고 불우한 자들, 소외되고 외로운 자들, 고아, 과부, 미혼모, 빚에 눌린 자, 일터가 없어 방황하는 자, 의지할 곳 없고 갈 곳 없는 자, 종교로 인해 심신 심령이 고통당하는 자⋯ 이들을 살펴주고 보살피며 함께 정을 나누어야 합니다.

정은 나눌수록 깊어지고, 은혜와 사랑은 나눌수록 풍성해집니다. 모두가 살기 좋은 세상이 될 때, 나의 행복도 가치를 지니게 되고, 의미가 있게 됩니다.

나는 조금의 거짓과 허황한 말을 하지 않습니다.

조상 천도를 통해 욕심을 피하고, 효를 통해 남을 배려하고 이해하며 도움을 주는 미덕을 배웠습니다. 순수한 믿음보다는 불신, 불만, 의심이 팽배한 현실에 좌절과 절망을 느낄 때도 많았습니다. 나를 믿고 따라준 많은 이들의 가정과 마음이 참 행복과 즐거움이 가득 찬 복된 모습을 볼 때, 삼성 에스원 수원에서 근무하는 양기순 소장님과 같은 순전한 믿음과 헌신과 착함을 볼 때 큰 보람과 감동을 느낍니다.

내가 힘들 때마다 지치거나 넘어지지 않고 다시 일어나 힘차게 수행의 길을 걸을 수 있는 것도 다 이분들 때문입니다. 어찌 이 사슬(인간, 인생, 운명, 현세)을 떠날 수 있겠습니까?

나는 지금도 초지일관 변함이 없습니다.

반복되는 말이지만 고통 중에 떠도는 이 땅의 수많은 영혼(영가)과 그 후손들과 현생을 사는 우리 모든 사람을 위해 천도하고 발복기도 하는 일입니다. 그러나 여러모로 많은 것이 턱없이 부족함을 느끼기에 효 학문 운동과 천도 발복 기도에 뜻을 함께하고픈 분들의 정성(후원)을 담아 복되고 아름다운 성업을 계속하고 싶어질 뿐입니다.

이 일은 나 아니더라도 누군가는(혹 국가나 지방자치단체라도) 꼭 해야 할 일이기 때문입니다. 지금도 우리의 전국 강산 곳곳과 해외에 구천을 떠돌고 있는 수많은 영혼 -우리의 조상이요. 선조요. 부모 형제들입니다-을 생각하면 가슴이 쓰리도록 아플 뿐입니다.

내가 정든 집
정든 산천을 떠나 고집스럽게도
고난의 수행을 계속하는 이유입니다.
원효대사의 마지막 후계자
원효사상 천도비법의 최후 전승 전수자

-일파대사-

효학문연구소 일파스님, 전 국민 영혼천도재에 동참하세요

삶이 힘들고 지칠 때 외로울 때 하늘을 보십시오.
하늘은 항상 열려 있습니다.
오직 당신을 기다릴 뿐입니다.

12.

사람답게 살려면 터를 점검하세요

- 집터, 회사터, 사무실터, 공장터, 관공서터 등

우주 만물에는 각각 기가 있습니다.

하늘의 천기, 땅의 지기, 달기, 월기별의 성기로부터 각종 식물과 동물에도 기가 있습니다. 기는 곧 생명입니다. 생명이 없는 죽음에는 기가 떠났기에 기가 없습니다.

풍기, 우기, 건기, 습기, 한기, 열기 등 삼라만상 모두 것은 기로 표현되고 또한 기로 압축됩니다. 우리 조상들은 일찍부터 기에 주목한 기의 민족입니다. 그래서 사람이 죽으면 코 밑에 손을 대고 호흡(숨)을 봤습니다.

바로 기를 보는 것입니다.

서양은 심장에 손을 얹고 확인합니다. 그러나 심장이 멈추었어도 사람을 살릴 수 있지만 숨이 멈추면 살릴 수가 없습니다. 기가 떠났기 때문입니다. 영계도 똑같습니다. 영은 기로 활동하기에 눈에 보이지 않지만 분명히 존재합니다. 혼, 영, 귀신, 하느님을 다르게 표현한다면 곧 기의 세계라고 말할 수 있는 것입니다.

특히 한민족은 타고난 기의 민족으로 세계 제일입니다.

신명 신바람 난 한국인을 따라올 민족은 세계 어디에도 없습니다. 내가 기를 말하는 것은 터 역시 기의 영향을 절대적으로 받기 때문입니다. 유명인이나, 부자, 장군, 선수, 프로들의 집터나 사무실, 회사, 은행, 공장… 하다못해 조상의 묘지(터)를 보면 공통점이 있습니다. 잘사는 동네도 유심히 보면 터가 좋음을 알 수 있습니다.

◇나는 꿈을 통해 사냥별을 보았습니다.

새영별이신 김건희 여사가 영빈관을 옮기겠다고 약속했고 또 이를 실행하는 것만 보아도 터가 얼마나 중요한지 알 수 있지 않습니까?

그분은 기(천기, 자기, 만기)를 아시기에 가능한 일입니다.

내가 그분을 위해 애써 기도하며 앞으로의 국정운영(안주인)을 위해서도 지속적으로 기도하는 이유라 할까요?

지맥상 한국 혈의 중심 중에 한 곳 임에도 내우외환 외세개입 갖가지 환난, 우환, 풍파, 재앙에 시달린 영빈관(청와대)을 역대 어느 대통령이나 수장도 옮기지 못했습니다. 할 수도 없었습니다. 그런데 김건희 여사는 해내지 않습니까? 영빈관 이전 예정지(용산)는 명당입니다. 이로 인해 대한민국은 새로움을 맞이할 것입니다. 많은 변화가 일어날 것입니다.

하여튼 터가 나쁘면 되는 일이 없습니다.

잘돼가는 일도 엉뚱하게 꼬일 뿐입니다. 헝클어지기 일쑤입니다. 모두 짐작하시는 대로 터에는 원귀들이 있습니다. 이 원귀(터 귀신)들로 인해 좋은 터는 계속되는 선기로 만사가 순조롭습니다. 어려운 일도 의외로 잘 풀립니다. 바람에 구름 가듯 명월이 빛나듯 모든 일이 순탄합니다.

그런데 터가 나쁘면 이 터 귀신들의 장난으로 인해 갖가지 해코지를 당하게 됩니다. 중요한 일마다 해코지를 당하니 무슨 일인들 잘 되겠습니까? 그래서 천도가 필요합니다. 왜냐면 터가 나쁘다고 집을 부술 수는 없지 않습니까? 무조건 이사할 수도 없고요. 그래서 천도를 통해 터 귀신(원귀)들을 좋은 곳으로 보내면 모든 방해와 책동은 사라집니다. 배부르고 평안한 사람이 먹을 것 달라고 밥투정할 이유가 없듯이 좋은 곳으로 간 터 귀신이 다시는 해코지 할 일이 없기 때문입니다.

인생은 오직 한 번

신(하느님. 천지신명)은 참으로 공정하십니다.

빈부귀천 상하를 막론하고 누구에게나 한 번의 인생을 주셨습니다. 칭기즈칸은 아시아를 넘어 유럽까지 정복한 세계최대의 제국을 거느리고 온갖 영화를 다 누렸지만 그 역시 한 번의 인생밖에 살지 못했습니다. 알렉산더 대왕과 로마 황제들 역시 두 번의 인생을 살지 못했습니다.

인류 역사 이래 어느 누구도 두 번의 인생을 산 사람은 없습니다. 모두 노래하다시피 말하는 한 번뿐인 생을 그냥 그렇게 살아야 되겠습니까? 하루 세끼 밥 먹고, 일하고, 잠자고, 단순(간단)하게 살기에는 우리 인생(삶)은 너무 고귀합니다. 절대자(하느님. 천지신명)께서

주신 오직 한 번인 인생을 그냥 그렇게 살아서는 절대로 안 됩니다.

인생이란 한마디에는 모든 철학과 사상이 담겨있고, 인생이란 말 앞에는 당연히 고개가 숙연해집니다. 종교가 없는 무신론자라도 인생이란 말 앞에는 입을 다뭅니다. 그만큼 인생은 두 발로 걷는 모든 사람의 절대주입니다.

인생이란 말 앞에는 어느 누구도 큰소리칠 수 없습니다. 한마디로 정의를 내릴 수 없습니다. 천하 만민 온 인류의 총체적 대명사인 인생 앞에 다시 한 번 서 보시기를 바랍니다.

터 집, 땅(밭, 논), 회사, 사무실, 직장, 기업, 가게, 군부대, 경찰서, 관공서, 조상님의 산소까지 한 번 더 돌아보십시오. 그리고 점검하십시오. 분명한 효과가 있습니다.

오직 한 번뿐인 인생을 바꿀 수 있는데 주저할 일이 무엇입니까? 왜 주저하십니까? 간단히 확인할 수 있는데.

한 예를 드리겠습니다.
나는 반드시 실화만을 이야기합니다. 나의 모든 저서와 유튜브(동영상)에는 실화가 아닌 것은 없습니다. 꾸미거나 가상이 아닌 실제적 일을 한 번 더 말씀드립니다.

울산광역시청 본부장실

오랜 인연의 신도의 초청 부탁을 받고 울산광역시 시청을 방문하게 되었습니다. 나를 영접하는 비서의 말인즉, 시장님이 결재에 들어가셨으니 잠깐(10분)만 기다려 주십시오.

화장실에 들렀습니다.

그런데 내 눈에 원귀들이 대낮에 복도에서 위로 올라가는 것이 보였습니다. 이상하다 무슨 일일까? 하필이면 내가 방문한 이 시간에… 생각하며 나도 모르게 따라 올라갔습니다. 영계를 보는 나로서는 당연한 일이지만.

구관 6층까지 따라가 본부장실에 들어갔더니 정복 차림의 여직원 한 명이 있었습니다. 옆 공간에 큰 사무실이었습니다. 통제구역이라는 여직원의 말을 들으며 안을 보니 넓은 사무실에 50대 초중반의 한 남자가 앉아있었습니다.

그의 말이 어떻게 오셨습니까?

수행중인 스님인 것을 안 그가 "앉으십시오." 하면서 자리를 권합니다. 청장(큰 무궁화 2개)으로 진급예정인 그는 이번에 진급하여 서울로 상경하게 되는데, 일이 잘 풀릴지 어떠할지 앞으로의 운을 좀 봐주십시오. 부탁을 해왔습니다. 진급 대기 중 기다리는 그의 심정이 고스란히 보였습니다.

　솔직히 말씀 좀 해달라는 그의 말에 허허 웃으며 나도 솔직한 사람을 좋아합니다. 부탁을 하니 말씀을 드립니다마는 여기(터)에는 원귀들이 많이 있습니다. 기분 나쁘게 듣지 마십시오. 원귀들로 인해 관재를 당합니다. 당신은 곧 옷을 벗게 됩니다. 뿐만 아니라 7~8년 후에는 이곳의 시장님 역시 큰 구설수와 관재를 당하게 됩니다. 원귀들로 인해서 내 말이 끝나기 바쁘게 그가 화를 내며 벌떡 일어나더니 "빨리 나가시오." 곧 경비를 부를 것 같은 기세에 도망치듯 쫓겨났습니다. 진급예정으로 서울 상경에 마음이 부푼 그에게는 몹쓸 말로 들릴 것은 당연한 일입니다.

　솔직하게 말씀해 달라고 부탁할 때는 언제고.
　그럴수록 해결책을 찾고 방도를 구할 생각을 해야지, 쯧쯧….
　바른말(좋은 말)을 해주고도 죄인처럼 쫓겨나다시피 물러나 돌아오는 길은 참으로 허탈했습니다. 기도처인 지리산이 얼마나 멀게 느껴지는지 그때 처음 알았습니다.

　10여 일이 지났습니다.
　수행중인 직원 스님으로부터 급한 소식을 받았습니다. 그 소식은 다급하기 이를 데 없었습니다. 10번 이상의 전화를 했다는 것입니다. 막 새벽기도가 끝난 시간이었습니다.

"스님, 큰일 났습니다. 제가 죽을 지경입니다. 제발 살려주십시오."

지리산에서 울산시청으로 급하게 달려갔습니다.

밤 9시경, 울산시청(구관 6층)에 도착하니, 그는(김OO 본부장) 퇴근도 못 하고 부관과 함께 안절부절못하고 있었습니다.

"스님, 정말로 스님 말씀처럼 국무총리 사정반에 감사를 받고 있습니다. 어떻게 해야 할지 제발 살려주십시오. 스님 시키는 대로 하겠습니다."

내용인즉, 아침에 국무총리 사정반이 내려와 자신의 비위 사실을 적발 확인하고 올라갔답니다. 부하직원들 승진목적으로 뇌물을 받고 양주 등 여러 가지 선물을 받은 것이 있었는데 믿고 믿었던 부관의 고발진정으로 이 모든 것이 들통 나 사진까지 찍혔답니다. 참으로 오도 가도 못 하고 빼지도 박지도 못하는 한탄의 신세가 되었습니다.

다 아시는 데로 국무총리 직속의 사정반에 걸리면 모든 것이 끝나기에, 김 본부장은 얼마나 마음이 절급한지 대구에서 요양원을 운영하는 아내에게 전화로 스님이 오셨으니 빨리 내려오라고 난리였습니다.

일이 터지기 전에 내가 알려줬으면 큰 복으로 알고 대처를 했으면 화를 피할 수 있었는데… 일이 터진 뒤에 수습하려니 난관이었습니다. 그때 나를 내쫓지 말고 말을 들었더라면 화를 면했을 텐데… 나는 도와주기로 하고 천도 발복기도 구두로 계약을 하고, 화는 이것으로 끝나지 않는다. 당신만이 아니라 이곳 시장으로 오신 분도 당신보다 더 큰 관재에 시달린다. 두고 보세요, 라는 말과 함께 2~3일 후에 답을 주겠다고 하고, 밤 12시경 시청을 나와 지리산으로 돌아와 즉시로 기도에 몰입 천도 발복에 들어갔습니다. 지리산 산상의 천도, 발복기도.

천도와 발복기도를 마치고 답을 주기 위해 그날이 설날(구정)이었는데도 울산시청으로 출발하니 도착 시간이 약 오후 1시 경이었습니다. 10분마다 김 본부장이 전화가 왔습니다. 사정이 몹시 급하다. 오전 10시까지 국무총리 사정반에게 조사를 받아야 한다.

그래서 나는 고속도로 휴게소에 차를 세우고 전화로 말했습니다.

내 말을 잘 들어라.

너는 구속이다. 너의 죄가 너무 크다. 구속되면 모든 것이 끝난다. 우선 구속부터 면하자. 구속되면 너의 명예와 그리고 퇴직금 등 조사 받기 전에 먼저 사표를 내라. 그리고 근신하고.

김 본부장은 박사학위를 가지고 있으니 외국에서 공부를 좀 더하고 돌아와 교수로 일할 수 있었기에 기도의 응답을 알려주었습니다. 김 본부장은 내가 시키는 대로 곧바로 사표를 내고 조사를 받고 구속도 면하고 감사하다고.

그런데 며칠이 지나도 소식이 없고, 전화도 안 받고, 간신히 통화가 되어 계약한 천도비와 기도비를 보내 달라 했더니, 영수증을 첨부해달라고 하면서 미국 간다는 말만 남기고… 천도비와 기도비를 떼어먹은 자에게 더 이상 무슨 말을 할 것인가. 천벌을 받을 놈.

그리고 문재인 정권 때 울산광역시 시장 사건이 얼마나 관재가 많은지 그곳에 근무하는 직원들을 위해서 열심히 기도합니다. 꼭 터를 점검해야 하는데 그곳.

사람답게 살려면 터를 점검하세요

이 동영상 중간 부분에 울산광역시 김 본부장 내용이 나와 있습니다.

새영별

새영별 꿈으로 오늘의 이야기를 마칠까합니다.

한강 백사장이었습니다. 서해 바다가 보입니다. 한 무리의 아이들이 강변에서 모래성을 쌓으며 놀고 있었고요. 그때 한 아이가 소리칩니다.

저기 새가 있다. 새 한 마리가…

아이들이 우르르 뛰어갑니다. 백조였습니다. 그런데 새가 날지를 못합니다. 한쪽 날개에 진흙 같은 끈적끈적한 역청이 군데군데 묻어 있어 다른 한쪽 날개만 펄럭일 뿐 날지를 못하고 있습니다. 사람이라면 애매한 일로 많은 상처를 받은 듯 안타까워 보였습니다.

누가 말하지도 않았는데 아이들은 강으로 달려가 조막손으로 물을 떠 옵니다. 참 맑은 물이었습니다. 모두 하나같이 정성껏 씻깁니다. 얼마나 뛰어가며 뛰어오며 물을 날랐는지 이마마다 땀방울이 송골송골 맺혔습니다. 아이들의 손으로 씻긴 백조의 날개는 그지없이 고왔습니다.

밝은 빛. (흰빛)이 빛나도록…

다 씻긴 것을 알았는지 새가 두 날개를 푸덕입니다. 긴 두 발에 힘껏 힘을 주더니 그대로 날아오릅니다. 와! 아이들이 함성을 지릅니다. 두 날개를 활짝 펴고 하늘을 나는 새는 조금 전 씻길 때와는 달리 무척이나 크게 보였습니다. 마치 세상을 안은 듯. 새는 고마운 듯 그대로 날아가지 않고 아이들 머리 위에서 하늘을 빙 돌더니 하늘 높이 날아갑니다. 아이들은 잘 가라고 소리치며 두 손을 흔듭니다. 새는 백조였지만 석양의 황홀한 노을빛으로 꼭 봉황같이 보였습니다.

강둑에 지팡이를 짚은 한 노인이 계셨습니다. 시종인 듯 손자인 듯 큰아이가 옆에 섰고요.

할아버지 새가 참 예쁩니다.

사람이라면 그렇게 곱게 씻길 수 있겠느냐? 천사의 손이란다. 천사가 다녀가셨어.

할아버지 천사라니요?

천사는 때로 티 없이 해맑은 동심의 세계로 현현함을 네가 어찌 알겠느냐?

날이 어두워졌습니다. 밤이 깊어졌습니다. 저녁노을 황혼의 빛을 입고 떠난 백조의 그 자리에 하늘의 별이 빛나고 있었습니다.

별 중의 별

하늘의 별

새영별이 황혼의 빛을 받고 보석처럼 빛나고 있었습니다.

그 큰 하늘이 새영별 별빛으로 가득 찼습니다. 천상의 꿈도 그렇게까지는 빛날 수 없는 황홀한 빛으로 나를 황홀감에 빠지게 했습니다.

기도합니다.

천지신명이신 창조주 하나님

내게 비추인 이 빛 황홀한 빛이

온 백성 가슴 가슴마다 피어나게 하소서.

-일파대사-

글을 마치며

대사님!

장시간 수고 많으셨습니다. 대사님 말씀대로 사람은 누구나 죽습니다. 죽음을 피하지 못하고 또한 피할 수도 없고 저세상으로 갑니다. 공수래공수거(空手來空手去). 대사님 어떻게 하면 사후에 좋은 곳으로 갈 수 있는지요?

기독교의 성경이나 불교의 경전에 기록된 십계명이나 불교의 십계의 말씀처럼 서로 사랑하며(자비를 베풀고), 착하게 살며(선행), 덕을 쌓는 것입니다. 그렇게 살면 우리가 죽었을 때, 심판을 잘 받아서 천당, 극락세계로 보내어 줍니다.

이 땅에서 제일 선행을 쌓는 것은 지구상에 떠도는 영혼 구제입니다. 구천을 떠도는 영혼들을 천도하여 보내드리는 일입니다. 이생에서 이보다 더 큰 일은 없습니다.

대사님.

저도 이 선한 사업에 동참하여 노력하겠습니다.

대사님의 27년째 계속되는 만행에는 비할 바는 못 됩니다마는 저도 최선을 다해서 이 선한 일에 함께하고 싶습니다. 저뿐만 아니라 뜻있는 많은 분도 함께할 줄 믿습니다. 아니 뜻있는 분들의 적극적인 참여를 권합니다.

대사님 정말 감사합니다. 함께 하게 되어서.

◇선한 일에 후원해 주실 분이나 일파대사와 상담하고 싶은 분
은 연락해주시면 세계 어디에 있더라도 통화가 됩니다.

◇한국전화: 010-2609-9615

◇카카오톡: laka 1234

스님과 상담이나 친견을 원하시는 분은 꼭 이 동영상을 꼭 보시고
이해되시는 분만 신청하세요.

새영별 김건희 여사

박성원 선사 지음

발행처·도서출판 **청어**
발행인·이영철
영 업·이동호
홍 보·천성래
기 획·남기환
편 집·방세화
디자인·이수빈 | 김영은
제작이사·공병한
인 쇄·두리터

등 록·1999년 5월 3일
(제321-3210000251001999000063호)

1판 1쇄 발행·2022년 6월 10일

주소·서울특별시 서초구 남부순환로364길 8-15 동일빌딩 2층
대표전화·02-586-0477
팩시밀리·0303-0942-0478
홈페이지·www.chungeobook.com
E-mail·ppi20@hanmail.net
ISBN·979-11-5860-6855-043-8(03810)